Edition Suhrkamp Leipzig

Niemand konnte voraussehen, was im Herbst des Jahres 1989 in der Deutschen Demokratischen Republik geschah. Niemand in Ost und West war darauf vorbereitet, daß so schnell die Herrschaftsstrukturen des 1949 gegründeten Staates zerbröckeln würden und daß sich so zügig das verwirklichen ließe, was emphatisch ›deutsche Wende‹ genannt wird. Noch ist vieles, was damals geschah, in lebendiger Erinnerung: die Demonstrationen mit den aufrüttelnden Rufen: »Wir sind das Volk!«, der Jubel in der Nacht am 9. November, die festliche Freude des ersten gesamtdeutschen Silvesters.

Die Freude ist vielerorts gewichen, die Euphorie ist im Geschiebe und Gedränge der Realitäten zerrieben worden und zur bloßen Erinnerung geronnen. Noch ist nicht abzusehen, wann und ob die ›Wendezeit‹ ihr gutes Ende findet, wann die Deutschen der DDR und der alten BRD wirklich vereinigt sind, unter den denselben wirtschaftlichen und geistigen Bedingungen leben können und überdies im vielzitierten europäischen Haus ihre selbstverständliche Unterkunft gefunden haben.

In der besonderen Sprache des Gedichts haben sich Autorinnen und Autoren zum Geschehen der deutschen Wende geäußert. Es sind Versuche erster Bilanzierung – immer aus der persönlichen Sicht von Beobachtern und Betroffenen. Ein Gedicht von Karl Krolow gab dieser Anthologie den Titel; versammelt sind 130 Gedichte von 82 Autorinnen und Autoren. Viele der Gedichte wurden nur in Zeitungen und Zeitschriften publiziert oder entstammen Manuskripten und sind bisher unveröffentlicht.

Karl Otto Conrady, 1926 in Hamm/Westf. geboren, ist Professor für Neuere deutsche Literatur, seit 1969 bis zu seiner Emeritierung 1991 an der Universität zu Köln. Neuere Publikationen u. a.: *Goethe. Leben und Werk*, 2 Bde. (1982/1985), *Völkisch-nationale Germanistik in Köln* (1990), *Das große deutsche Gedichtbuch*, Hg. (1977; Neufassung: 1991).

Inhalt

Die Gedichte
7

Karl Otto Conrady, Deutsche Wendezeit
173

Reihenfolge der Gedichte
249

Alphabetisches Verzeichnis der Gedichte
253

Die Autoren und ihre Gedichte
257

Heinz Czechowski

Die überstandene Wende

Was hinter uns liegt,
Wissen wir. Was vor uns liegt,
Wird uns unbekannt bleiben,
Bis wir es
Hinter uns haben.

(November 1989)

Uwe Grüning

Heimfahrt von Prag

Es dämmert.
Libussas
versinkendes Königreich
blinkt auf den Wellen.

Eine Epoche,
die alle Schätze zu haben versprach,
schleicht sich als Bettler fort wie der Abend.
Wir fanden
Papier und Lebensmüll
vor dem Palais;
Limousinen
mit zerschlagenen Scheiben,
aufgebrochenen Türen,
zersplitterten Leuchten,
standen,
ein trostloser Treck,
auf dem schmalen Asphaltweg,
der hinauf in die Gärten führt,
und Obstbäume
neigten die herbstlichen Zweige
über die Dinge, welche die Erde
zu keinem neuen Leben erweckt.

Und ein Gefühl von Fremdheit und Angst
fiel mich an
mit dem Schwermutsglanz der Oktobers,
als ich heimfuhr,

im Rücken
Libussas flammendes Königreich
und vor mir
den Eisenhimmel des Ostens.

(Anmerkung: Vom 3.-6. Oktober 1989,
als der zweite Flüchtlingsstrom
das Palais Lobkovic überflutete,
waren wir in Prag und konnten
das Ende der Ära Honecker sehen.)

Armin Richter

Herbstsonate 89

Wie gelassen wie unbeschadet
Der Herbst die Bäume färbt
Und sich schließlich im Nebel verleugnet

Gleichzeitig fallen Herzblätter
Von ihren Stammbäumen
Vergeßne und wiederentdeckte Gefühle
Arten aus in nie gekannte Leidenschaften

Volksfeststimmungen
Wermuträusche
Absingen des Prinzips Hoffnung

Schützenketten
Zwischen dem ratlos Neuen
Und dem ratlos Alten
Halten nichts auf

Sprache aus Steinwürfen
Und tiefer Anhörung

Radau zerredeter Nächte
Kein freier Schlaf mehr
Wer Angst hat träumt Angst

Unter tausenden Gesichtern
Such ich eins das mich ansieht
Vergebens

Harald Gerlach

Aufbrüche, deutsch

Der Ort, an dem Geschichte
sich einholt zwischen Schlaglöchern:
die Straße.

Ich bin, du bist, wir sind.
Das Volk, meine Herrn.

Gesichter mit dem Abglanz
der Romantik. Kerzen schmelzen
das Schwert zur Pflugschar.

Die Hand, Majakowski, hat
den Abzug zu früh gefunden.
Machiavell ist sterblich.

Im warmen Herbst blüht Phantasie,
der Ausgang, lang vertagt, aus
lang verschuldeter Un-
möglichkeit ...

Armin Richter

Rotes Kirschlaub

Plötzlich sind Straßen wieder
Wie fließende Gewässer
Münden in alle Orte der Welt
Und in die Straßen
Wo noch das mächtige hilflose Volk steht

Feuersignale der Hoffnung
Flammen von den Ahornen
Der nahen Chaussee herüber
Das Kirschlaub im Garten
Errötet davon

Jedes Herz schlägt
Mit fremdem Rhythmus

Ich habe das Gefühl
Als träume die Wirklichkeit
Gegen alle Zweifel an

Noch ist Herbst
Der Hoffnung Früchte
Wer wird sie ernten

Holger Teschke

Berliner November

Alles auf einmal brüllten wir heraus
Auf unsern Straßen Unter diesem Himmel
Sägt Bonzen ab statt Bäume Stasi raus
Aufriß der Himmel wie in alten Filmen
Im ungarischen Herbst Im Prager Frühling
Und keine Panzer kamen von Karlshorst
Aber als einer auf die Barrikade ging
Das Holzgerüst am Alexanderplatz
Auslachte unsern Kindertraum Tapetentanz
Anstatt den Hunderttausenden zum Maul zu reden
Aussprach was Herren aller Länder fürchten Streik
Da gellten Pfiffe War der Spaß zu Ende

Jürgen Theobaldy

In der hellsten Nacht

Eine Straße hat kein Ende,
eine Grenze war ein Grab,
ein Stein ist ein Flügel,
in Trümmern die Fahnen aus Beton.
Die Erleuchtung blieb aus
in der hellsten Nacht,
eine Brille hat genügt, ein Zettel,
und ein Mann im Freizeitdress
lehnt ins Dunkel und lauscht.

Die paar hier gehen
durch die hellste Nacht
und werden dort weitergehen,
wo sie tags zuvor
erschossen worden sind.
Der eine Engel genügt,
der ohne Brief aus dem Himmel,
vor Schichtbeginn noch,
um die Ecke tritt,
den Hunderttausenden voraus,
ins blendende Viertel der Welt.

Thomas Böhme

die entfernung des herbstes

der lichteinfall ist hart ohne beispiel
die volks seele himmelt sich bis an den horizont
was gestern stimmte ist heut unauffindbar
dazwischen aktenzeichen, XY ungelöst

tage die nur aus sperrstunden bestehen
wechseln mit tagen blauer erwartung
strenggenommen hat es dich nicht überrascht
im rauchfang krepiert ein sturm nach dem andern

bestenfalls wird dir die scham gestundet
die landschaften schwitzen abschiede aus
der november hat sich über die jahre verteilt
ein solider staub der nicht eine ritze vergißt

Jürgen Becker

Im Zugfenster
tauchen Gegenden auf, die im Gang
der Jahrzehnte selten erwähnt worden sind; nun
treffen dich Augenblicke, wie Breitseiten,
Mündungsfeuer aus einer Ferne, die einmal
endgültig abgetrennt schien und plötzlich
zurückfällt in einen Reisetag, der im Dunklen
begann, frühmorgens, wenn man
die Zelte abbricht und Deichseln
aus der Dämmerung ragen. Schneisen
rücken ins Blickfeld; Schneisen im Wald
und quer durch den Himmel, der Krähen und
Tiefflieger freigab für die eine, die andere
Möglichkeit der Beschreibung; ob
im Hotelzimmer später eins dieser heimlichen
Tonbänder mitlief? Nur kam die Verbindung
auch nachts nicht zustande, weshalb
ich nicht wiederholte, wie tödlich
die Schneise mir vorkam, und das immer
aus gegebenem Anlaß, bis zu diesen Phasen
der unerwarteten Hoffnung, der lautlosen Risse
an den sichtbaren, kalten Rändern des Eisens. Ruf mal
die Stimmen der Theorie an; frag mal
nach alten, den zugewachsenen Massengräbern, nach
den Zonen des Widerspruchs, in denen der eine Tod
nichts aussagt gegen den anderen; schweigend
sehen sich Mitwisser an. Fahl liegen die Äcker
in der tiefstehenden Sonne, und Pfiffe zerschneiden
den leeren Bahnsteig, der eben noch von Truppen
besetzt war. Irgendwann werden alle erzählen,
wie Gespenster regierten und wie sie plötzlich

verschwunden sind, aber jetzt geht erst eine Unruhe
weiter, die in keiner Hochrechnung vorkam; es stimmte
auch nicht dein Vergleich mit einer plötzlichen Drehung
des Winds, und du sagtest auch gleich, daß Wind
das genau falsche Wort ist für eine Bewegung
so vieler vergessen gemachter Gefühle,
für einen Sog, der die aufgerissenen Ränder
des Landes zusammenzieht. Oder ist es wieder der Zug,
der von einem Traum in den anderen fährt, in einer Folge
von Jahren, die Wagen auf Wagen angehängt sind, damit
wir nicht aufhörten in der Gleichzeitigkeit
zu reisen ... jetzt ist der Krieg aus, sagte
der alte Mann, später im Fenster im Fahrtwind, als
alle Straßen, Gärten und Häuser winkten und
die Leute weinten im Gang. Der Himmel so hell
wie die Hügel, die von Zäunen zerteilt sind; darüber
weg und weit gestaffelt fliegen die Krähenschwärme;
niemand geht auf die Suche nach Verstecken
im Schatten. Der Sprung vom einen ins andere Geschehen
kippt die Bedeutungen um, die wie auf Stelzen
dem Tagesverlauf zu folgen versuchen; so ist es
sonst, wenn die Fläche zwischen Morgen und Abend
übersichtlich bleibt. Die Kälte kommt nicht weiter
auf ihren alten Wegen, zögernd in einer Gangart,
die manchmal aussieht wie Abwarten, Stillstand, und
wir schauen nicht mehr verstummt zu. Winterfreunden
geht es zu langsam, und du weißt, daß nicht
Schlittschuhe, Rodelpartien gemeint sind ... auch
deshalb verließ ich die Konferenz, als es zu laut wurde
und als ich fragte, was haben wir jetzt noch
für eine Sprache ... irgendwann nachts in der alten
Leipziger Wohnung sagte das Mädchen: ich bleibe,
aber hätte ich einen Sohn, der müßte raus hier; da
saßen wir zwischen den Widersprüchen, und wir kamen nicht

weiter, als es weiterging um die neue Art
des Verstummens, um die wortlosen Spuren einer Irritation,
die am Tisch saß über der dunklen, ruhigen Straße. Daten
und Dinge und wie war das Wetter ... fang ein Heft
damit an, und der Freund nickte zögernd; nebenan
euer Kind, in diesem Sommer geboren, wird einmal suchen
den Anfang vom Einst, beginnend mit einem Geruch
aus dem Treppenhaus zwischen den Kriegen, mit Kohle-
eimern
vor der Korridortür. *Nur glaub mir, die Geschichte*
verspricht nichts ... vermeintlich verjährte Zitate, und
wir wunderten uns, wie sie plötzlich wieder berührten
die Chronik im Gohliser Schlößchen, wo Gesichter auf-
tauchten
aus der langen Verlustgeschichte, die wir anfangen könnten,
jetzt und fortwährend, uns zu erzählen. Wir gingen
in dieselbe Schule? Gewiß, und Sie verwirrten mich
mit einer Blume aus Ihrem Herbst hier. Später im Stau,
nach leeren, dunklen Straßen, schrie Ute am Steuer: die
stehn nach Benzin alle Schlange ... und sie zeigte
nach Irgendwo in die Nacht, in der wir nicht aufhörten
zu reden, zu reden über Flucht und das Bleiben,
den Selbstmord und die Veränderung, die Väter,
die verrottende Stadt und die Sehnsucht
nach Rom. Es gibt
eine Sehnsucht, egal, welchen Namen, welches Land
welche Währung sie nennt? Das müßt ihr genauer
wissen. Der Schutt in den Straßen
ist vielleicht eine Sache für Archäologen,
und was ist mit den Akten, den Kopfhörern
im grauen Zentralbau? Schwäne im Parkteich, nachmittags,
in der Sonne; es war Smog; endlich ging ich einmal
spazieren, mit Nachrichtenbildern im Kopf, auf denen
zu sehen war ein Fahrrad auf einer Mauer, die

unter baumelnden Beinen fast zu verschwinden schien; da schrie doch einer immer nur: Wahnsinn …

Hans Arnfrid Astel

Ausverkauf

Durch das
jungfräuliche
Loch in der Mauer
reicht mir der
blutjunge Grenzer
sein Koppelschloß
zum Verkauf hin,
Hammer & Zirkel,
gegen Devisen.

Volker Braun

Der 9. November

Das Brackwasser stachellippig, aufgeschnittene Drähte
Lautlos, wie im Traum, driften die Tellerminen
Zurück in den Geschirrschrank. Ein surrealer
Moment:
Mit spitzem Fuß auf dem Weltriß, und kein Schuß
fällt.
Die gehetzte Vernunft, unendlich müde, greift
Nach dem erstbesten Irrtum ... der Dreckverband
platzt.
Leuchtschriften wandern okkupantenhaft bis Mitte.
BERLIN
NUN FREUE DICH, zu früh. Wehe, harter Nordost.

Michael Wildenhain

Neunter November

Keiner ist einsam alle sind fröhlich
Um uns zerfällt eine Mauer aus Stein
Zwischen zernarbter Liebe und Leber
Führt ein Mann Zungen zum Wein

Niemand hechelt der Plattenteller
Sei eine Insel wir sehen uns an
Erst lacht die Frau dann kichert im Kognak
Ungenau aber hellbraun der Mann

Wir stoßen an das Krachen der Gläser
Singt uns in eine Zeit zurück
In der die Welt eine Bahnsteigkarte
Weit war und rot wie das Glück

Edwin Wolfram Dahl

Notat November Neunzehnhundertneunundachtzig

Erzähl von einem Land viergeteiltes zuerst
von einem Volk gespalten vierzig Jahr
Drei Teile hier sattüber waffenvoll
COCAlisiert COLAnisiert Gummiverkaut
Der andre Teil anständig nicht besser:
angepaßt vermauert volksarmiert arm
parolenverstopft Jetzt flüchten sie
ganz offiziell erlaubt bei echten
Tränen dort und nationalen hier
Guten Morgen Deutschland Die Hurrapresse
Bayern hortet Bananen Pornos
für die Ausreisewilligen
Wochenendwilligen Guten Abend
Deutschland Der Rütlischwur nahe
der Feldherrnhalle Eher den Tod als ...
November der neunte paßt gut ins BILD
Gute Nacht Deutschland wenn die Barden
gitarren zwischen West & Ost
Erzähl vergeßlich Volk von einem Land
auf das ich stolz zu Zorn gerührt nicht bin
weil es geteilt ist noch beschnitten
in seiner Reichsgröße Alle Deutschen
die Neunte werden Risikos den Nachbarn
Weil der Stierstall Europa Weil noch nicht
gezimmert Seine Türen noch ohne Glas
die Fenster Radarfallen die Keller
Raketensilos Und einige sind dabei
sich nicht einmischend einmischend

den Zweiten Weltkrieg zu gewinnen natovoll
Warschau Daumen nach unten Neue
Feindbilder her Lieber tot als rot werden
vor Anstand drüben noch Hier rotzen sie
Siegestränen übersatt waffentoll kotzen
Zinsen computerbesoffen sammeln ein
rechnen sich hoch: ein Volk ohne Raum
stimmen an heilscheinig liedervölkisch
den Sang vom deutschen Osten

Günter Kunert

November

Jetzt im November
dem Sturm zuhören
keinem sonst. Monat
der Revolution der Selbstmörder.
Alles Versprochene zeugt
alsobald Ekel wie Worte
glitschig vom Sabber
endlosen Gebrauchs: Prothesen
aus Allerweltsmündern.
Jetzt im November stattdessen
das pathetische Rauschen
so kalt und so schneidend
wie Wahrheit
vom Trommelwirbel
gefallener Tropfen begleitet
(Eroica der Natur)

indessen wir ihr
den Gehorsam verweigern
um uns zu töten

Durs Grünbein

12/11/89

Komm zu dir Gedicht, Berlins Mauer ist offen jetzt.
Wehleid des Wartens, Langweile in Hegels Schmalland
Vorbei wie das stählerne Schweigen ... Heil Stalin.
Letzter Monstranzen Glanz, hinter Panzern verschanzt.
Langsam kommen die Uhren auf Touren, jede geht anders.
Pech für die Kopffüßler, im Brackwasser abgesackt.
Revolutionsschrott *en masse*, die Massen genasführt
Im Trott von bankrotten Rotten, was bleibt ein Gebet:
Heiliger Kim Il Sung, Phönix Pjönjangs, bitt für uns.

Wolfgang Hilbig

ja wir hielten einen der vorderen plätze beim kalorienkonsum
in europa: gefangene essen fettes fleisch –
und wir schrieben unsere verse mit bohnerwachs
wir fielen nicht auf am fuß der treppenhäuser: einmal
pro jahr atmeten wir wie kompressoren auf der schwelle
zwischen den doppeltüren von geist und macht –
nacht für nacht heulten wir: sirenen in seenot
und gedachten unsrer in giftschränken faulenden fehlgeburten
und wir wagten uns nicht zu erinnern –
ach gekritzel der salze: nur in den schlechtgesagten sätzen
in sprachgebrechen voll vom schund der abgeflauten tage
warn wir wirklich frei
und entschlossen den pflastersteinen zu lauschen.
mit einem mal haben chöre von stotternden die plätze erobert –
o zeilen: die abgebrochnen stimmen stehlen sich den abend
schön ist ein volk in waffenlosem aufruhr
empörung die am mittag noch schlief sie hält die fahrbahn
dicht besetzt:
wer jetzt ausgeht durchgeistigt und fahl
öffnet nicht umsonst seine tür er hört sich
im lärm der meuterei unter den fußgängerbrücken
beiwohnt er einem dammbruch dieser frühvergessne leib
der jung verschied: jetzt gleicht er einem schwimmenden schrei
unbeachtet in der dunklen massenwoge
selbstentwunden
wie ein schrei von danton: erfährt auch er geburt aus den
weichen
unbedarften niedersinns auch er gezeugt von vielen unbe-
kannten
auch er gewachsen bis zum mund im schleim und roh aus
zartsinn

auch er aus zähem sauerteig darin die avantgarde gewatet
auch er voll dumpfen bluts
ein egel in der grube der nation
im massenhaften aufschrei fährt er endlich nabellos ins licht...
schön ist ein volk das niedre ohn gewalt verheerend
ohnmächtig psalmodierend bis der gott ertaubt
schön solcher woge fortgang über ämter throne sakristein
die woge die tribünen aushebt und kulissentrümmer schwemmt
schön ist der dilettanten aufstand im orchestergraben ...

(ah! wie der atem der stürme anschwoll ...)

schön sind der freiheit nippfiguren die dem hochmut
der ästheten widerstehn
(schön ist die anarchie der kaufhausgaffer ...
die alle frühern privilegien runterreißen an sich raffen alle außer dem einzig ehrenhaften privileg: mit würde zu verzichten. dies stehe dem brevier voran der drohenden ästheten. den hundesöhnen aber sei die lüsternheit genehm.)
schön ist die rebellion der korrumpierten ...
schön ist die rebellion der habenichtse vorbestraften und verkrachten schön ist die revolution der dummen und geohrfeigten der demoralisierten der anästhesierten der pseudonyme. der spanner und wichser der geizhälse der hühnerdiebe und aller bedürftigen schön ist die revolution der reihenfolge ...

Lutz Rathenow

Dezember 89

Der Schnee von gestern,
Straßenschleim.
Hokuspokus ohne Hexerei.
Am Himmel sonnt sich eine Sonne –
als wäre es Sommer und heiß.
Fetzenweise löste sich dann
die Haut von uns. Und jetzt?
Die Partei, eine Zwiebel, übt sich
im Enthüllen. Welche Schale färbt sich
schneller puterrot? Abfall, Tränen,
und kein Kern in Sicht …

Klaus-Jürgen Liedtke

Himmel über Berlin

1

Von der gußeisernen Brücke
der preußische Engel
taumelt hinab ins
Wasser Sperrgebiet ehmals
und kaltlächelnd spreizt
die Spree seine Schwingen

2

Engelscharen stehn Schlange wie Pracher
vor den Wärmestuben den Schrippenkirchen
Hubbernd heben sie ihre
bettelnden Hände flehen
aufgerissenen Augs um Brocken
aus den Verliesen des Himmels

Hans Magnus Enzensberger

Aufbruchsstimmung

Hoch über den Vororten
tragen rosig bestrahlte Gase
ihren stillen Kampf aus.
Unter raschen Wolkenfetzen
bröselt, champagnergebadet,
Beton. Am Potsdamer Platz
Wermutflaschen, die Penner
grübeln über »den Doppelsinn
von Sein und Seinsverständnis«.
Einwände halten sich hier
in Grenzen. Pilgerscharen
in der Fußgängerzone
auf der Suche nach Identität
und Südfrüchten. Zuzügler
lassen valiumfarbene Scheine
auf der Zunge zergehn.
Auch links in der Beletage
finden Aufbrüche statt:
Gewissenhaft arbeiten Partner
an der Hinrichtung einer Ehe.
Haftschalen, tränenüberströmt,
im luxuriösen Smog. Blindgänger
fallen sich in die Arme.
Das Politbüro: ausgestorben.
Nur im Keller der Dichter
dichtet bei fünfzehn Watt
nach wie vor vor sich hin,

»um der Menschwerdung
aufzuhelfen«. Gerührt
schweift das nasse Aug
über die frischen Sichtblenden.

Jochen Kelter

Flüsse über die ich setze

Als sie in diesem Herbst mir
mein großes Vaterland öffneten
sich über Thüringer Wald

Vogtland Barockdresden
bis Frankfurt/Oder
die Landkarte grün färbte

Habe ich der beiden Vaterländer
gedacht in denen ich hause
der drei Nationen oder der vier

Des sagenhaften Landstrichs
Alemannien der uns in den
Mäandern unserer Träume nachspürt

Und im Leben nicht findet
der Flüsse über die ich setze
der Brücken die ich quere

Der Sprachen in die ich mich
verliere und komme in die meine
zurück als ein anderer

Jürgen Rennert

Mein Land ist mir zerfallen

Mein Land ist mir zerfallen.
Sein' Macht ist abgetan.
Ich hebe, gegen allen
Verstand, zu klagen an.

Mein Land ist mir gewesen,
Was ich trotz seiner bin:
Ein welterfahrnes Wesen,
Mit einem Spalt darin.

Mein Land hat mich verzogen,
Und gehe doch nicht krumm.
Und hat mich was belogen,
Und bin doch gar nicht dumm.

Mein Land hat mich mit Wider-
Willn an die Brust gepreßt.
Und kam am Ende nieder
Mit mir, der es nicht läßt.

Mein Land trägt meine Züge,
Die Züge tragen mich.
Ich bin die große Lüge
Des Landes. (Wir meint: ich.)

(14. Januar 1990)

Fritz Rudolf Fries

Auf einen Brief zur Jahreswende

Und das Einsetzen von Freiheit in Bernstein's
schreibt mir Professor S. aus Nashville
in einem Rundbrief an die Familien (Amerika/Deutschland)
von Bernstein's Beethovenkonzert am Weihnachtstag in
Ostberlin!
Auch wir konnten!
Auch wir konnten
auf dem Potsdamer Platz die Mauer durchbrechen
mit unserem roten Lada 1300
während die Sänger im Schauspielhaus
ihr bestes gaben und Nippon-Radio alles mitschnitt
wie früher Radio DDR beim Frieden-die-Freiheit-Wunsch-
konzert
nur eben populärer jetzt
ohne die heimlichen Lauscher
erhebender
die Seele konnte endlich zu Fuß gehen
ganz neues Gefühl, mein lieber S.
freier enterprise schöner Götterfunken
selbst unser Hund Holly
bekam für ein paar Tage einen Spielgefährten
wie sicherlich auch Ihr

Später nach Mitternacht
sahen wir Beethovens Seele auf zur Quadriga steigen
da schrien die Massen die ein Volk sind
da ritzte sich Beethovens peripatetische Seele die Füße kaputt
an den krepierenden Sektflaschen
Wir entkamen ins letzte Taxi

und in die Aussichten des Vormittags
Johann Strauss Wiener Musikverein
im Radio alle Jahre wieder
da kam alles ins Lot
dank der blauen Melancholie von der Donau
Und überhaupt
die Freiheit war wieder zur Freude geworden
mit großem Interesse haben wir was bei Euch
Unheimlich
wie den Frauen im Haus die Tränen kamen.

(Februar 1990)

Elke Erb

Perspektive im Februar
(Antwort auf eine Umfrage)

Mir will nicht in den Kopf
ein in der Zukunft wartendes Elend,
und sei es das einer Minderheit.

Mir geht nicht aus dem Kopf
die vergiftete Natur der Umwelt
und die geschändete der menschlichen Produktivität.

Im Vordergrund meines Interesses taucht *derDeutsche* auf,
eine Begegnung, die mich freut;

er ist zu studieren:
Wie richtet er Schaden an,
wie gedeiht seine Güte,

schmarotzt er?

(1990)

Annerose Kirchner

Zwischen den Ufern

Reib den Winterschlaf aus den Augen
und folg dem Trampelpfad durchs Schilf.
Dir begegnen fröstelnde Nesthocker,
die nichts vom Jahreswechsel wissen wollen.

Dein Gewissen, mündig gesprochen,
schwört auf einfache Worte,
und die oftmals betrogene Zunge
probiert den Hymnus verlorner Freiheit.

Zwischen den Ufern verliert sich
der eigene Lebenslauf,
und niemand fragt,
wo dich das Zeitliche segnen wird.

Schwimm gegen die steigende Flut.
Nur einmal trägt dich das Wasser.

(1989/1990)

Christiane Grosz

die blonde frau auf der behörde

hat eigentlich schon mittagspause
geht kommt gleich wieder
muß erstmal ans telefon
sucht in der akte
tut was in ihren kräften steht
weiß auch nicht was werden wird
muß sich täglich was anhörn
hat hautausschlag zwischen den fingern
macht nächste woche eine woche urlaub
bleibt aber zu hause
sagt es aber keinem

(26.2.90)

Ulrich Schacht

DAS BRANDENBURGER TOR HAB
ich nun auch durchschritten und
dachte dabei so sind sie die
historischen Stunden: Nicht
immer geht alles im Gleichschritt
aber mit schon da müssen gar
keine Fahnen flattern da reicht
ein Wind um die Rockschöße Mäntel
und Hüte. Hier gings mal nicht
durch. Sagen Passanten in jener
Zukunft, zwölf Monate könnte die
nah sein, und wundern sich über
sagenhafte Ideen von einst: Stadt
Mauern hießen die, und ab und zu fiel
einer von den Zinnen. In Chroniken
müßte das stehn. Von damals

(28.2.90)

Katja Winkler

Brandenburger Tor

Ich erinnere mich
noch wie ich da stand
den Blick unverwandt
auf den Engel gerichtet
starr und blicklos golden
der Schein es sollte am
Ende der Welt so sein

Einmal im Monat mindestens
dort vor der Mauer am selben
Ort wenn das nicht übertrieben
wär hätte ich keine Erinnerung
mehr an die Leute die mit mir
dort standen und den Platz
so bedeutsam fanden wie ich
ihn liebte um der Leere willen
die dort war und ganz im
Stillen habe ich sie alle
verachtet die dort standen
an meinem Ort und dann gingen
weg und fort ich blieb sitzen
ließ mich gehen konnte ja
den Engel sehen und dahinter
einen Himmel wie ihn nur der
Abend kennt keine Sehnsucht
Leere brennt dir beide Augen
aus bis ans Ende war zu Haus

Walther Petri

unlyrisch

der real galoppierende Ismus
wird gebildet aus Kapitulation plus
Kapital gleich Kapitulationismus
(Deutsch für Inländer: Musterbeispiel
für irreale Wunschsätze: wenn das doch
bloß ein Wortungeheuer wäre) hier, wo
der alte Traum mit dem Staatshammer er-
schlagen der Stillstand radikal ab-
gezirkelt gegen den Fortschritt gewappnet
war
um die Stirn den abgedroschnen Ährenkranz
eng und kratzig zum Davonrennen, genossen
haben wir aber den Punsch, ich meine
Silvester, die Verletzten und den ersten
Toten abgerechnet, ungefedert
sind die Plätze unter anderem Unter den
Linden vor dem Tor das in seiner Offenheit
glänzend abschneidet im Vergleich zur real
exerzierenden Lage

Thomas Kling

Leipzig im Schummer (11.3.1990)

koks-installazionen, die abbruch-
reife, bergeberge; heizkörper ap-
geschaltet: mützn auf!, die stadt
ist reif:
            koksinstallationen berge
berge, weltn dazwischn. bei scher-
bnbeknirschtm bodn; was ich sonst
gehört?: wasserrohrbruch, tosende
heraustosende wasser in fensterlo-
sem miezhauskeller; da brachs raus
graugelb gardinenschlappe wo keiner
sich noch mehr gekümmert hat. ja schei-
bnlos ja wasserbruch. die wessiband
hat alkohol hat ›müngersdorfer stadion‹
gegebn, drei-stücke-repertoir wovon
herr zeltinger aus köln mir wohlbekannt.
da hat in connewitz und überall die
straßenbahn so menschlich aufgeheult;
so menschlich (auch hier connewitz), so
enschlich-menschlich hat am nebentisch
ex-stasi zugehorcht – und suhrkamp, tja,
wir wärn fast rausgeflo. + alkohol +
alkohol + alkohol+++

Hans-Jürgen Heise

Schwer rumpelt die Erdkugel

Mit einem Kaiserschnitt
kommt der Morgen zur Welt
unser Jahrhundert
macht vor gar nichts mehr halt

Zwar scheint noch die Sonne
diese Megamilliarden-Wattbirne
doch Neptun räkelt vergeblich
seine arthritischen Glieder
im Algenschaum des Mittelmeers

Schwer rumpelt die Erdkugel
im versmogten Kamin der Städte
... und Kleiderpuppen
einst keusche Heloten
sind in Berlin-Kreuzberg
unterwegs zum Fummeltrinenball

Aus Marx wurde McDonald's
aus der Mauer – The Wall
: das größte Pop-Festival
seit dem brennenden Rom
Der Untergang ist die Auferstehung
The beginning is the end
Sag bloß
daß unsere Zeit
nicht zu feiern versteht
Die Menschheit empfängt
über Satelliten

ein perfektes elektronisches
Abbild ihrer selbst

The moon ... the balloon
the Yellow Submarine
sails along
durch die Tiefe der Nacht

Wie obszön doch Gefühle
und Gedanken sind / jeder
der es nötig hat
kriegt eine Glücksfüllung
in den schmerzenden Zahn

(1990)

Arnulf Höpker

Kaum merklich, von unten,
faßt die Angst,
es könnte nur Traum sein,
nach der Zuversicht
in Straßen und Gassen.
Besinnung auf Selbsterrungenes.
Wächst jetzt der Wille,
den Gesellschaftsvertrag
neu zu gestalten, für
eine Gemeinschaft mit
menschlicherem Gesicht?

Arnulf Höpker

Welch ein Gefühl von Leichtigkeit
nimmt von den Zweifelnden Besitz,
da in des Frühjahrs milden Lüften
die Knospe aufbricht wie zuvor
in anderen Jahren des Verfalls.

Uwe Grüning

Fahrt zum Palast der Republik

Neben den Gleisen
schürfen Bagger die Erde
für den neuen Tagebau auf:
Die Zeit der Verwüstungen
ist nicht vorüber.
Jedes Bahnhofsdach
weint dem Regen ein Klagelied.

Ich bin tapfer,
ich weiß,
daß die Epoche zu Tode stürzt
und vielleicht
mit ihr der Äon.

Wenig Besserung
erwarte ich von der Zukunft.
Nur,
daß die verfallnen Fassaden
der Auferstehung entgegensehn
und daß ein neuer Reichtum
die verkommenen Gleise
mit Superzügen
und Blinkstahl verschönt
und daß die Züge so schnell sind,
daß kein Baum seine Blätter verrät,
nur ein huschendes Grün,
ein verschwimmendes Ahnen,
konturlos wie alles,
was die Moderne hervorbringt.

Nur der Schlaf und der Traum
sind von der alten Art,
und die Ängste
sind noch die gleichen.

(April 1990)

Ludwig Verbeek

Frühling 1990

Die Grenze leuchtet
in besondrem Grün
die Schmerznaht der Systeme
der Kräftefelder Saum
Blutstatt und Todesraum

Schrapnell-
bestückter Femetraum
Tabu und Meuchelort
Thrombose-Arm der Nacht

Doch in dem Sumpf
von Bann und Tränen
ist Leben
vogel-
frei erblüht

Dies Stück Natur
im Stau der Macht
sei Storch und Kröte
dargebracht

Volker Braun

Das Eigentum

Da bin ich noch: mein Land geht in den Westen.
KRIEG DEN HÜTTEN FRIEDE DEN PALÄSTEN.
Ich selber habe ihm den Tritt versetzt.
Es wirft sich weg und seine magre Zierde.
Dem Winter folgt der Sommer der Begierde.
Und ich kann *bleiben wo der Pfeffer wächst*.
Und unverständlich wird mein ganzer Text.
Was ich niemals besaß, wird mir entrissen.
Was ich nicht lebte, werd ich ewig missen.
Die Hoffnung lag im Weg wie eine Falle.
Mein Eigentum, jetzt habt ihrs auf der Kralle.
Wann sag ich wieder *mein* und meine alle.

Stefan Döring

aufgestanden und ruiniert
gewandter in losen gewändern
neuer vergangenheit zugewandt
heult in zukunft ruinen
zeitwinds wehn von ursprung
durch dies loch jetzt
zuhälter und aufreisser
meister im flötenspiel
dem rechten augenblick
zu pfeifen den totentanz

Thomas Böhme

Die Kuckucks verschweigen den Mai

die tafel runde ist schlafen gegangen
als gäbe es nichts mehr zu retten
in den städten. die jakobinerclubs haben frei.

über dem land wogt die china hitze
um mauergerippe summt weiß der monsun
manchmal stürzt eine türken taube
über die grüne grenze nach hüben.

kinder drücken die zuckerlippen
in den bördelrand ihrer coca büchsen
manchmal stürzen sich altgediente
fluchtpioniere von den häuserklippen.

(mai 1990)

Elke Erb

Postfeudaler Fürstenwandel

Der fromme Schein einer übersichtlichen Welt,
die man fest in der Hand hat, – im Griff auch.

Die fromme Welt eines übersichtlichen Scheins,
den man fest in der Hand hat.

Der fromme Griff einer übersichtlichen Hand,
die man fest in der Welt hat.

Die fromme Hand eines übersichtlichen Griffs,
den man fest im Schein hat, – in der Welt auch.

(Juli 1990)

Jürgen Rennert

Lied vom fröhlichen Inzest

Die starken Brüder wissen,
Was ihrer Schwester frommt.
Sie wird erst aufgerissen,
Bevor sie unter kommt.

Sie wird erhoben werden,
Wenn sie sich fallenläßt
Und aufhört zu gebärden
Als Deutschlands Dreister Rest.

Hat alles abzulegen,
Vom Stirnband bis zum Schuh.
Der Mantel der Geschichte
Deckt ihre Blöße zu

Und auf: Die schwache Schwester
Ist aus demselben Holz.
Auf andre Art gehobelt,
Auf gleiche Art dumm stolz,

Auf gleiche Art verdrängend,
Auf andre Art verdrängt ...
Es ist ein Schnee gefallen,
Der in den Lüften hängt.

(30. September 1990)

Ursula Krechel

Wir spielen heile Welt

Wie die Sprache in den Mund kommt
so kommt sie nie wieder raus
niedergekommen ist die Zunge
die die Sprache beleckt
niedergekommen auf einem Mauerstück
Fuchs, du hast die Gans
dich ganz verbissen
ins Gefieder schreit die Sprache
und wie sie mundtot daliegt
niedergekommen hergegeben
ein einiger Leib
wir spielen heile Welt
Verstecken spielen wir

Oskar Ansull

Sisyphos hat es geschafft

Unterwegs spürte er
nichts mehr
Fels verschwand
kleingerollt
Gewohnheit nur
spannte ihn
die Hände am Stein
der aus Gewohnheit
ihm wieder in die Hand
wuchs

Sisyphos hat es geschafft
niemand war dabei
Wichtigeres geschah nebenher
oben angekommen
leicht nur ermüdet
Schnee an den Beinen
deutlich die hochgerollte Spur
sein Fels stand weiß
im entspannten Übermut
gab er seinem Werk
einen Stoß, heiteren Blicks
genoß er diesen donnernden
Abgang, verwandelte sich
in eine Gemse
tänzelnd
Lawine um Lawine
auslösend

Michael Wüstefeld

WILL ICH NOCH REDEN MIT EUCH

hinter glatten Gesichtern
auf denen Jahre verbrannt sind
Spurloses Lächeln vertraglich gesichert

Will ich heulen mit euch
die ihr aus den gelobten Wäldern
aus demokratisch geordneten Gründen
zu uns in die Städte gekommen seid

Will ich noch reden mit euch
dem Narren der Volk heißt
am Hof der Politik für Heiterkeit sorgt
und für DIÄTen

Will ich heulen mit euch
und den neuen Diensten
Kein Sumpf der jemals Trockenheit zugibt
Keine Eule welche der Nacht ihren Schleier abgibt

Will ich noch reden mit euch
von den alten Geistern verlassen
von den nächsten bedrängt
Kann ich reden mit euch
in unserer heimlichen Sprache
die einmal jeder verstand

Soll ich heulen mit euch
Wenn das Kalb den Goldzahn fletscht
die Kursbücher den Konkurs bestimmen
und der pornographische Hund sich
in den eigenen Schwanz beißt

Soll ich noch reden mit euch
die ihr zu schweigen gelernt habt
Keiner vergoldet das Silber der Wörter
Keiner beweist des Schweigens Gold

Soll ich heulen mit euch
im dichten Filz des Pelzes
wahllos die Läuse bewundern
eingeübter Redlichkeit anschließen mich
dem brüderlichen Rudel

Soll ich reden mit euch
noch einmal euch eine Schwäche gestehen
Mann in der Trambahn
Frau in der Elektrischen
Will ich noch reden mit euch
da der Wind sich gedreht hat
unsere Witterung eine andere ist
Kann ich noch reden mit euch
wenn die Stuben längst von Vertretern besetzt sind
Anrufungen automatisch beantwortet werden
Kann ich so noch reden mit euch?

Yaak Karsunke

zur schönen aussicht

die täter – so hört man – sind nicht
nur bereit ihren opfern
voll zu verzeihen nein mehr noch

sie sind entschlossen
die vergangenheit ruhen zu lassen
den blick nach vorne zu richten
& mit ihren opfern gemeinsam
einen neuen anfang zu wagen

gänzlich unbelastet von ihren
früheren taten

Gerhard Zwerenz

Die Wahrheit aushalten, Genossen

Jahrzehntelang habt ihr die Augen
fest verschlossen. Gläubige wart
ihr, Wunder wolltet ihr sehen
und tun. Einer von euch war ich.

Bis ich es nicht mehr war. Das
brachte uns auseinander, Genossen.
Was wir sagten, schmerzte euch.
Nun wißt ihr, wie es schmerzt.

Ich sah Dinge, die mir die Sprache
raubten. Ich schrieb davon. Ihr
wolltet blind sein und glauben.
Nun dementieren euch eure Heiligen.

Viele sah ich abfallen. Mit dem
Glauben verloren sie ihre Seele.
Ich sage euch, es lohnt den Kampf.
Du mußt nicht auf alles Antwort wissen.

Es werden euch noch viele Wahrheiten
erschüttern. Ihr wolltet sie nicht
beizeiten zur Kenntnis nehmen. Euer
Schmerz ist unsereinem wohlbekannt.

Wohlbekannt sind auch die Verführungen.
Aber: Aufgeben? Nie.

Bert Papenfuss-Gorek

die lichtscheuen scheiche versunkener reiche

wilhelm, walter, erich, egon
& wie sie nicht noch alle hießen
die abgehalfterten ellerkongen
beispielloser sozialer großexperimente
blockwarte, oberaufseher & generalsekretäre
die über uns wachten in unserer ohnmacht
getrübt von abschottungsmaßnahmen
im vorfelde ökonomischer zerklüftung
erfreute sich viel volks der lebenslust
& insonderer sinnenfreude, inneren querelen
sowohl als auch der grausamkeit verschiedener
nunmehr versiegter übergeschnappter
ist es, wenn man so will, zu danken
daß ihr übertriebener gesellschaftsentwurf
versangundklangloste; despotenpech
jetzt herrschen sie, wie ich wiederholt
von vorläufern & wiedergängern gehört
im abgrunde unter den hohnlochländern
& ihre alter egos, diese scheuchen
verantwortung-rücksicht-partnerschaft-
freiheit-wohlstand-sicherheit-gemäß
unverdrossen stockenbalkenbiegungsmäßig
über ihre ehemaligen wirtschaftsgebiete
im subkultmund: untertanentraufen
die noch schnell aufblühen, bevor sie
unentschieden flattern die fittiche
der unentschlossenheit, verglühen
: menschenschicksal, ihr unternietzschen

Yaak Karsunke

ziemlich frei. nach Brecht

als das haus einstürzte vor dessen
baufälligkeit sie gewarnt worden waren
seit langem & mehrfach & immer vergeblich

klammerten sich einige von ihnen
noch im fallen an einzelne balken
& lobten die pläne der architekten

rühmten auch das fundament in dessen
sich rasch verbreiternden rissen
sie am ende verschwanden

& priesen noch aus der tiefe
das schützende dach dessen trümmer
sie schließlich erschlugen

Holger Teschke

Elegie nach Vergil

Kaum stürzten die Säulen Kaum hat der Rauch sich verzogen
Da ziehn übers Forum salbadernd die neuen Augurn
Sehn dem Adlerflug nach überm Fluß Stochern in Därmen
Aufsteht aus seinen Trümmern der alte Senat
Der Wolf bleibt Bote im Tempel der Juno Moneta
Bald fallen die Römer still in ihr herbstliches Schwert

Christoph Meckel

Rede des Knochens

Und wenn von ihm nichts übrig ist
als Schaum vor dem Mund und sein Knochen im Maul des
Hundes
den sie auf ihn ansetzten, als er
sein zerschlagenes Gesicht auf sie richtete,
wird sein zuckender Knochen Antwort geben.

Und wenn man nicht weiß, was man fragen soll
redet er ungefragt aus der Asche:
»Ihr habt ihn zugrundegerichtet, ihr habt ihm
Haut und Haare runtergerissen
als er nicht tot war und wenig geschunden von Sorge.
Ihr habt Entsetzen durch seine Haut gejagt
und sein Hirn verbrannt im Fieber des Entsetzens.
Ihr habt euren Hund in seine Wunde gejagt
aus der er verlor: sein Blut, nicht eures.

Und daß ihr ihn wegschmeißt, ohne ein Wort, dorthin
wo eure Füße nicht hinunterreichen,
daß ihr Leben genommen habt, nicht gegeben,
daß ihr ihn hingehalten habt mit Gähnen
und gabt zu verstehn: wenn du Hunger hast, friß dich
selber.«

Das nimmt er nicht hinunter in die Asche.
Das spuckt er dreimal ins Gesicht seiner Schinder.

Was wäre größer gewesen
als eines Menschen Stolz und Lachen auf Erden.
Von welchem Geschöpf sonst könntet ihr sagen:
er hätte die Sonne erleuchtet.

(1962/1990)

Kerstin Hensel

Fieberkurve

Sie haben die Treppe mit Leim bestrichen
Den Fluchtweg, den Hinterausgang.
Heut kommen wir
Nicht davon. Heut fragen sie, wie wir uns
Fühlen, legen ihre laue Hand auf
Unsere laue Stirn: schuldig
Vielleicht? Fühlt ihr euch
Irgendwie schuldig nach uns? Nicht
Daß wir wüßten, entgegnen wir schläfrig wie vor
kommendem
Fieber oder einfach nahe dem
Gesunden Schlaf der Gerechten.
Putteln in Aschen! Märchen! Ach
Fragt nicht, unsere Geburt liegt
In den Fuffzigersechzigern prinzenhaft heil.

Axillar, rectal gemessen: normal; oral mit mümmelnder
Zunge ums Thermometer: Ruckediguh! Alles klingt
Heut noch wie es am Ende immer
Sich reimt. So wird ein Schuh draus.

Dann waren die Fragen ausgeblieben.
Dann war der Rundgang beendet.
Schluß der Visite. Exitus.
Verwindung ohne Entzündung.
(Man muß auch verlieren können, sagte der Prinz)

Da schütteten sie ein schuldloses Laken über uns aus.
Bis in unserem weißen Himmel eine weiße Taube aufsteigt und
Herabfällt und steigt und uns anfällt und brüllt:
RUCKEDIGUH!
Bis die Kurve ansteigt und fällt und ansteigt
Bis uns, rettend –
BLUT IST IM SCHUH.

Bert Papenfuss-Gorek

soziale marktmonarchie

jetzt wird hier der sozialismus eregiert
mit allem nachdruck des schleichenden gewissens
& der verheißenheit des freien marktes
teuer möchte man verkaufen, möglichst teuer

meine persönliche abschnittsbevollmächtigte
machtet ihr zur hochkönigin
mit allem nachdruck
der verheißung

fortschreiten möchte man
& zwar möglichst fort

Heiner Müller

Herz der Finsternis nach Joseph Conrad

Für Gregor Gysi
Schaurige Welt kapitalistische Welt
(Gottfried Benn in einem Radiogespräch
mit Johannes R. Becher 1930)

In der Valuta-Bar des Hotels METROPOL
Berlin Hauptstadt der DDR bemüht sich
Eine polnische Hure Gastarbeiterin
Um einen Greis mit Schnupfen
Zwischen den Kapiteln seines Vortrags
Über die Freiheit in den USA
Rotzt er ins Taschentuch und schreit nach dem Abfalleimer
Noch im Griff des Mitleids mit ihrem schweren Beruf
Höre ich zwei Geschäftsreisende
Bayern dem Geräusch nach
Asien verteilen: ALSO MALAYSIA TÄT MIR GFALLN
THAILAND AUCH KOREA GHÖRT DAZU
ALSO DAS KREUZSCHIENENSYSTEM FÜR DEN JEMEN
TÄT ICH NOCH PLANEN DANN
HAT SICH DIE SACHE
CHINA GHÖRT AUCH DAZU
CHINA IST ALS EINZIGES PROJEKT VERKAUFT WORDN
In der S-Bahn ZOOLOGISCHER GARTEN FRIEDRICHSTRASSE
Habe ich zwei DDR-Bürger kennengelernt
Einer erzählt Mein Sohn drei Wochen alt
Wurde geboren mit einem Schild vor der Brust

ICH WAR AM NEUNTEN NOVEMBER IM WESTEN
Meine Tochter gleichaltrig Ich habe Zwillinge
Trägt die Aufschrift ICH AUCH
THE HORROR THE HORROR THE HORROR

Arno Reinfrank

Winterquartier des Krill

In memoriam Alfred Wegener (1880-1930)

Der Krill, der in Myriaden durch die Meere zieht
und dort von Plankton lebt, die Fische leben dann von ihm,
ist winzig klein. Doch kann er leuchten.

Er kann mit Leuchtenzymen Licht erzeugen
auf seiner Wanderschaft durch fischbauchdunkle Tiefen.
Im Winter nimmt die Dichte seiner Schwärme ab.

Kälte, so dachte man, würde den Krill vernichten.
Bis man unter dem Eis der Arktik Algenwiesen fand,
die werden von dem Massenvolk der Krebschen abgeweidet.

Wer hätte in der Packeiszone eine Bodenfauna
von diesem Tropenreichtum je vermutet,
in deren Schutz der Winter überwindbar ist?

So schnell sterben Ideen nicht noch Krill,
die beide Mensch und Meer erleuchten
in starker Zahl und unberührt davon –

was flache Denker über sie verbreiten.

Harald Gerlach

Utopia

Um die Gipfel kreisen
die Adler. Und mein Traum wies
im Lande ein Feld: Republik
der Gelehrten. Dort, Diotima,
laß uns sein. Sinclair, mein
Präsident! Gehüllt in den Mantel
der Poesie schreitet
dein Hohepriester. Auf eilig
verhökertem Boden. Vorbei. Vorüber.

Nebel. Das Reich der Gedanken
bleibt landlos.

DRINK
COCA COLA LIGHT! So kam ich
unter die Deutschen. Handwerker
fand ich ... Allianzversichert.
Shake hands, Scardanelli.

Hans Arnfrid Astel

Baden gehn

für Elke Erb

Baden gehn
hab ich die
Utopie gesehn.

Nackt und schön,
eine Jägerin.
War ich Aktäon?

Ich wurde kein Hirsch.
Meine Hunde
haben mich nicht zerrissen.

Eberhard Häfner

Zwischen Präfix & Suffix die literarische Wichse

(ein Memorial)

war mal wieder die ganze familie beisammen
(wachs, zeresin, paraffin & terpentin) & keiner
gedachte, weil's unbedacht schien
der rücksichtslosen verschwendung verwendbarer worte, teils
weinselig, teils redselig das palaver
zwischen ein & ausgeborenen
ein & ausgereisten & darum
stand das herz senkrecht

für kenner & feinschmecker literatete es
artig & auch dort, wo das geborgte lächeln
fällig war, gewußt wie
nahm es sich wieder fort, zurück
in den dunst der stunde & auch die kunst
ihre fleischigen arme herunter, samt
der beringten finger, bis endlich
das schreibbar & lesbar gesagte zu wort kam

als es transletterte in die koscheren & hartgesottenen
lauscher, nahmen die stand-arts ihren abgang
& es wendete sich wer konnte
von äußeren und inneren dingen –

die erinnerung reißt insofern nicht – ab, weil
der geschundene sinn
sich in's unverbindliche sein verzieht & dort

attitütet, die haut erprickeln läßt & es
noch früh für den faden, aus schaden gesponnen, wieder
verwendet, bis das dicke ende, so
oder so, mit oder ohne
schätzen wir uns hinterher glücklich, ein stück
geschichte geschrieben & wieder zerbrochen

Heiner Müller

Glückloser Engel 2

Zwischen Stadt und Stadt
Nach der Mauer der Abgrund
Wind an den Schultern die fremde
Hand am einsamen Fleisch
Den Engel ich höre ihn noch
Aber er hat kein Gesicht mehr als
Deines das ich nicht kenne

Stefan Döring

ungebrochene fragmente

fragen hinter fragen
antworten über antworten
der zeitgeist zeigt ehrgeiz
geizt zeit gleitet entgleist
vorLäufer vorBilden vorWände
vorKämpfer vorWerfen vorTeile
die herren staat mochte man
beschissen finden oder haben
entsprechend den zuständigkeiten
was einem zusteht zu bekommen
zustände, aber mehr auch nicht
die zu stehen kommen, steckenbleiben
auf der strecke bleiben, dreckstecken
ein volk von, selbstredend, nun
einheilig sich vereinzumeiern an
vorRedner vorSchlagen vorSichten
vorTurner vorTanzen vorMacht
die dame revolution wollte man
entblösst finden oder haben
hinsichtlich der beweglichkeiten
was einen bewegt zu begehen
bewegungen und weniger gar nicht
die verwegen kommen, sich wagen
sich wiegen, in, sich, wegelagerer
fortschrittlich einzugehen in
dem vaterland zugewandt

nachzügler nachgrübeln nachricht
verantwortung trägt uns alle
unsere banane war eine grade
eine aufrechte und anfechtbare
eine sich selbst verzehrende …

Johannes Poethen

Denkmäler unübersehbar
und diese schreckliche ähnlichkeit
mit dem was sie denken

Jürgen Nendza

Logis

Den Platz
zwischen
den Stühlen
wollten wir
einvernehmen
beiwohnen
den Dingen
von der Hand
in den Mund.

Wir fanden
keine Stühle.
Nur diesen
leeren Raum
voller Stimmen.

Wolf Biermann

DIDELDUMM

1
Nun endlich ist mein Land wieder eins
Und blieb doch elend zerrissen
Aus Geiz und Neid. Kein Aas will im Grund
Vom andern da drüben was wissen
Der Todesstreifen, man sieht kaum noch
Wo gestern die Wachtürme standen
Wir Deutschen haben uns wieder verloren
Noch eh wir einander fanden
  dideldumm dumm dumm
    dideldumm schrumm schrumm

2
Vier Meter hoch, die Mauer hat uns
Den Himmel zerschnitten. Wir haben
Nun vier Meter tief durch die Erde ein' Riss
Ein deutschdeutscher Raubtier-Graben
Ein Graben teilt unser schönes Land
Darin ist schon mancher ersoffen
Er fiel in die Brühe aus Resignation und
In Jauche aus falschem Hoffen
  dideldumm dumm dumm
    dideldumm schrumm schrumm

3
Kein Stacheldraht, kein Minenfeld mehr
Kaputt sind die Selbstschußanlagen
Kein Hänschenklein muß nun auf dem Weg
Nach Westen sein Leben mehr wagen

Man schießt nicht mehr weiches Blei ins Fleisch
Man zahlt jetzt in harter Währung
In Leipzig wird rigoros umgestellt
Auf Westwaren alle Ernährung
didelduмm dumm dumm
dideldumm schrumm schrumm

4
Ob Wurst, ob Milch, ob Brot, ganz egal
Was Birnen vom Havelland kosten
Man schmeißt doch in Weimar kein Westgeld raus
Für Salzgurken aus dem Osten
Sie saufen nicht mehr ihr eignes Bier
An *Coca-Cola*-Zitzen
Da hängen sie nun. Ach die Trottel, sie sägen
Den Ast ab, auf dem sie sitzen
dideldumm dumm dumm
dideldumm schrumm schrumm

5
O Treuhand! Ach, das Wörtchen treu
Gehörte in Deutschland verboten
Vonwegen Hände! Bei Treuhand seh ich
Nur krumme Finger und Pfoten
Der Westen powert und boomt und jauchzt
Der Osten jammert und humpelt
Kohl hat die Proleten in Erfurt geprellt und
Jetzt schmeißt er sich ran und kumpelt
dideldumm dumm dumm
dideldumm schrumm schrumm

6
Provinzganoven, Graf Rotze im Benz
Die letzte verbrannte Asche

Sie fingern dem nackten Mann in Schwerin
Das druckfrische Geld aus der Tasche
Die Glücksritter, die von der schnellen Mark
Beschubsen nach Recht und Gesetze
Die Dummenfänger, sie schleppen durchs Land
Wie Hochseefischer die Netze
  dideldumm dumm dumm
    dideldumm schrumm schrumm

7
Der Schwejk im Goldenen Prag, er vergleicht
Sein Heute vergnügt mit dem Gestern
In Halle Herr Schultz ist verzweifelt, der Mann
Vergleicht immer nur mit den Schwestern
Und Brüdern im goldenen Wessiland
Die Einzigen die fröhlich klotzen
Sind Stasischweine im Manager-Rausch
– ach, ich finde den Osten zum Küssen
  dideldumm dumm dumm
    dideldumm schrumm schrumm

8
Ein Porsche für ein Bauernhaus
Paar Mark für'ne schnelle Nummer
Und wo ein dummer Schlaukopf winkt
Da wartet ein schlauer Dummer
Zurück will keiner ins alte Joch
Nach vorn sind die Wege verrammelt
Der Karren, er geht nicht mehr vor noch zurück
Die Blaublümelein-Hoffnung vergammelt
  dideldumm dumm dumm
    dideldumm schrumm schrumm

9

Der Deutsche Michel zog übers Ost-
Und Westohr sich tief seine Mütze
Er mag nichts von der Welt mehr sehn
Und hockt in der Tränenpfütze
Mir aber lacht das Herz, ich weiß
Bald heilt auch die deutsche Wunde
Nur eines ist dumm, ganz nebenbei
– die Menschheit geht grade zugrunde
  dideldumm dumm dumm
    dideldumm schrumm schrumm

Reiner Kunze

Die mauer
Zum 3. oktober 1990

Als wir sie schleiften, ahnten wir nicht,
wie hoch sie ist
in uns

Wir hatten uns gewöhnt
an ihren horizont

Und an die windstille

In ihrem schatten warfen
alle keinen schatten

Nun stehen wir entblößt
jeder entschuldigung

Richard Anders

Mauer

1.
Über und über besamt
mit Zeichen und Wundern,
hat sie sich nie aufgebäumt
im Liebesakt. Zeugt doch
die sprühende Phantasie
von nichts als Ohnmacht.

Schlange, die
mausetot wie sie sich stellt,
von Fall zu Fall
zur Falle wird.

Unmöglich, diesem Kaltblütler
aus Beton das aufgemalte
Herz auszureißen.

(1989)

2.

Unmöglich? Als Reliquie
in der Vitrine
kein Zeichen, kein Wunder mehr,
zeugt es jetzt,
ohne für irgendetwas zu schlagen,
vom möglichen Irrtum.

(1993)

Franz Hodjak

die wende des winds

für Hans Magnus Enzensberger

das alibi, die mauer
ist gefallen

das bringt die sprachen
etwas durcheinander

immerhin, der fliegende Robert
den der wind über die grenze weht

wird nicht mehr abgeschossen
die überlegenheit zieht sich

zurück, in ihre eignen grenzen
die sie dichtmacht

und sucht ein alibi, um
den fliegenden Robert

einzufangen und zurückzuschicken
mit dem wind, den sie macht

Adelheid Johanna Hess

Verfehlt

Wir
Fanden
Zusammen
Aber
Trafen uns
Nicht
Der Blick
In des andern
Augen
Sah nur
Uns selbst
Unser Reden
Kein Verstehen
Unser Schweigen
Kein Erkennen
Die Mauer
Im verkopften
Herz

Kay Hoff

Nach der Wende (parlando)

Das war schon etwas: daß die kalten Augen
verschwanden und die sanften Nacken, prall
von Schweinebauch und Sättigungsbeilagen,
gesichert vom festen Dienstmützenband –
daß es den Zwang nicht mehr gab, gehorsam
auf die verbissenen Wächter zu starren,
geduckt und pflichtdeutsch bis unter die Stempel,
beflissene Söhne und Enkel von Grosz –
daß auch der Gestank dahin ist, Zweitakt
und Desinfektion und Braunkohlendunst
und Plaste Elaste, das hat schon was,
und die bitterlippigen Greise flimmern
nicht mehr in meinen Abend, die blassen
ZK-Kandidaten mit Zukunftsgewißheit
vom letzten Parteitag und Kassenbrillen,
die ständig stellvertretenden Vorsitzenden.
Das ist schon recht so, alles in allem,
und es lohnt sich sogar, erspart eine Stunde
Autobahntrödeln mit trägem Tacho
und schlechtem Gewissen Richtung Berlin,
und ich kann die Brüder vergessen und –
na ja, die Schwestern, und daß wir gespalten
waren, getrennt voneinander, so lange,
auch wir, irgendwie. Das ist schon etwas.

Reiner Kunze

Mit dieser fahne schon

Manche hätten ihr den wind
am liebsten ausgeredet

Wir aber hatten gesetzt auf ihn

Wir hatten gehofft
auf das eine land
mit der einen fahne

Auf das land,
das nicht leugnet,
mit der fahne,
die in frieden läßt

Lioba Happel

DIE PECH- DIE BLUT- DIE SCHWEFEL-

die durch die farben gezogenen
die durch die blindheit gejagten

die blitzschnell in säcke verpackten
die in den kellern wartenden

FAHNEN SIND ES DIE WEHEN

(für den Maler Michael Voges)

Karl Krolow

Von einem Land und vom andern

Man glaubt's nicht, besieht seine Hände,
im Spiegel sein Gesicht:
Deutschland am anderen Ende
und hier – denn man glaubt es nicht –
ÜBER ALLES, hieß es. Man fände
den Reim heute ohne Gewicht.
Es reimt sich doch alles nicht!

Von einem Land und vom andern
weiß man zu wenig, zu viel.
Mit bloßem Wissen und Wandern
verfehlt ein jeder das Ziel.
Und wenn er es schließlich fände: –
Deutschland am anderen Ende
hat anderes Gewicht.
Über alles ringt man die Hände
bloß. Reimen sollte man nicht:
es sei denn, man verschwände
in einem andern Gedicht,
das ruhig von beiden spricht –
vom anderen und dem einen
und fürchtete sich vor keinem.

Robert Gernhardt

Als er zum 3. Oktober 1990 gefragt wurde, was er von Deutschland erwarte und was er dem vereinten Land wünsche

Deutsche! Frei nach Bertolt Brecht
rate ich euch, wählet recht:

Von den Zielen die wichtigen
Von den Mitteln die richtigen
Von den Zwängen die spärlichen
Von den Worten die ehrlichen
Von den Taten die herzlichen
Von den Opfern die schmerzlichen
Von den Wegen die steinigen
Von den Büchern die meinigen.

Heinz Kahlau

Tag der Einheit

Am Tag der deutschen Einheit
saß ich zwischen dem, was war.
Ich war ummüllt von Werbung und von Briefen,
die Geld von mir verlangten,
und war ganz und gar
mit dem beschäftigt,
was das nächste Jahr
von mir verlangen könnte. In den Tiefen
der Seele kochte das,
was da seit je gefangen:
die kalte Wut
auf jede Art von Staat.
Der dritte will mich in sein Muster zwängen.

Ich feierte den Tag mit Zorngesängen.

(1991)

Hannelies Taschau

Kommt doch herüber

Für Ulrike

Kommt doch auch
zum Familienfest nach Poserin
Wir könnten euch wieder
sehen ohne euch im Westen auf
die Nerven zu gehen
Es kann doch nicht daran scheitern
daß ihr
so lange im voraus
keine Zusagen macht

Und vergeßt nicht Badesachen
mitzubringen

Thomas Kielinger

Eingeschaltet

Wanderer
kommst du
nach Dresden
verkündige dort
du habest uns hier
einig gesehen
wie das TV es befahl

Kay Hoff

Zweitehe

Meine – nein, lieber kein Liebesbrief,
kein Liebesgedicht, warum auch,
keine schmeichelnden Worte, bitte:
Wir sind, endlich, beisammen, grau
gebügelt zum Standesamt, sachlich,
kein Schleierwehen, vernünftig,
die Rosen sparen wir uns, auch Dornen
sind nicht umsonst. Kein Traum:
Dies ist eben anders, diesmal,
mach' dir nichts vor. Mein wird Dein,
künftig, gesetzlich geregelt, Du
bist mein, so war das immer bei uns.
Einmal wußten wir beide, damals,
was Glück ist – Deines, meines,
zweierlei Glück. Jetzt wissen wir,
ausgerechnet, was Sache ist. Komm.
Wir ändern nichts mehr. Die Zeit
hat anderes im Sinn als zu heilen,
und die Narben vergißt erst der Tod.
Bis dahin sollten wir, meine ich –.

Ludwig Verbeek

so nett D

von nord nach süd wand sich ein wurm
es weht der wind ihn fraß der sturm
und wo er lag ruht brach das land
für specht und farn sprießt grün sein pfand

von ost nach west dämmt nichts den strom
dort nagt der rost hier blinkt das chrom
und in das spiel von wort und zahl
mischt sich zum schein der gang zur wahl

es winkt die hand es weht das tuch
und seit an seit schreibt sich das buch
wir sind das volk rief laut sein teil

sich schließt der spalt weg flog der keil
der aar im wind das schilf im kolk
mit mann und maus wir sind ein volk

Thomas Kielinger

Wiegenlied

Vierzig Jahre
führte ich mein Leben
frei
mich zu entscheiden
zwischen Gehen und Bleiben

Vierzig Jahre
entführtes Leben
frei
sich zu entscheiden
zwischen Stacheldraht

Vierzig Jahre
Leben auf zwei Planeten
frei
für mich
frei
für Mielke

Vierzig Jahre
Karriere
vierzig Jahre
Barriere
vierzig Jahre
ichverbogen
vierzig Jahre
wirverlogen

Klopfzeichen
vierzig Jahre Klopfzeichen
allenfalls

Ruhen wirst du
Kind
ungleicher Eltern
Deutschland
nicht sanft
in deiner Wiege

E.A.Richter

Deutsch Land

München ist vorbei Berlin Frankfurt
überhaupt das deutsche
Monster das den Norden
Nordwesten abblockt

es gibt Leute ohne Nationalismus
es gibt schon wieder ein Volk
ohne Raum es gibt eine Zweidrittel-
gesellschaft samt Kolonialismus

in Berlin am Pariser Platz
im Gemäuer vor den Fotos von Buchwald
die das Wichtigste ausblenden
krampfte sich mein Herz zusammen –

ich mußte raus unentwegt gehen
an der Grenze zwischen den Welten
jeden Morgen und Abend mit wunden
Zehen schwellenden Knien und niemand

versprach eine schöne gute Zukunft –
ich sah Hochhäuser an der Stelle
der ausradierten Mauer aus denen
unentwegt Körper fielen ohne unten

aufzuklatschen ich mußte den Film
hier immer anhalten mit fuchtelnden
Händen schweißnasser Stirn
ungläubig blutenden Augen

Jürgen Nendza

Deutsches en bloc

Wer weiß sich schon einig bei Licht in Sicht kommt ein deutsches in Fahrt kommt zuerst kommt ein deutsches ins Geschäft kommt ein deutsches auf Touren kommt anders ein deutsches kommt selten allein kommt ein deutsches auf Rechnung zu Schaden kommt Zeit kommt ein deutsches zum Ausbruch zum Einsatz kommt ein deutsches ins Rollen kommt hoch kommt ein deutsches zum Vorschein zupaß kommt ein deutsches ein deutsches zur Sprache kommt über stimmt über alles sich ein

Jochen Kelter

Deutsche Frage

Ich bin aus diesem Land
das sich jetzt arrondiert
gebürtig und dazu
ein halber Emigrant

Aus diesem Land sind viele
schon viel schlimmer emigriert
das hat die da drinnen
niemals nicht gestört

Die haben laut
die haben deutsch bramarbasiert
und haben stets nach neuen Gauen
ausgeschaut

Die haben immer neue Auen
neue Kreise einzugefährden sich gemüht
die haben immer schon die Welt
als Fußabtritt entdeckt

Bei denen hat stets nur
der Gartenzwerg, die Dividende
Heimatgefühle aufgeweckt
und jener Nebel im Gemüt

Der als die deutsche Seele blüht.
Und wenn sie jetzt so vaterländisch tun:
Da wird im dritten Anlauf doch
die Mitte von Europa bloß

Von den Konzernen annektiert
es wird ein neuer Weg probiert.
Wer aber wird da angeschmiert?
Wer wird hier vorgeführt?

Sarah Kirsch

Aus dem Haiku-Gebiet

Das neue Jahr: Winde
Aus alten Zeiten
Machen mir Zahnweh.

*

Unter dem Himmel des
Neuen Jahrs gehen die
Alten Leute.

*

Wie der Schnee sie auch
Verklärt – meine Heimat
Sieht erbärmlich aus.

*

Den Mond über der Havel
Hatte Schalck wohl
Zurückgelassen.

*

Heul, sag ich, heul! Der Hund
Hilft mir das Jahr
Zu Ende zu bringen.

*

Normannenstraße: ich sehe
Den Leuten zu beim
Reinemachen fürs neue Jahr.

*

Das Jahr geht hin
Noch immer trage ich
Reisekleider.

(1.1.1991)

Matthias Buth

Berlin 91

Die Mauer ist erschlagen
Geiselnehmerin
Mutter Tod
Zwischen Hin und Her

Narben unter der Haut
40 Jahre zu spät
28 Weihnachten lang
Eingeübt in Verzweiflung

Kalt kommt der Wind von Westen
Kein Stein lenkt ihn um
Allmählich fehlt die warme
Umarmung von Beton und Trauer

Die Fernsehwünsche nach acht
Geborgte Freiheit für Stunden
Die weite Welt hinter
Der bitteren Enge

Alle Wege offen
Jede Flucht endet am Türschild
Die Treuhand wickelt die Träume ab
Vom Umschalten ins bunte Programm

Hat der Erich denn nicht
Die Autobahn gebaut
Ach, das war wohl
Ein anderer

Jürgen Becker

Berliner Ring und die Bilder von Peter Berndt

Ufer, Anlegestellen; ein Motiv
der Jahrhunderte, in denen der Landadel
Gedichte schrieb. Im Sand ging die Frucht auf,
die über den Winterkrieg half; die Boote
frisch gestrichen bis Ostern. Bilder erzählen
es anders; man brauchte noch einen Passierschein,
der nur fürs Tageslicht galt. Kaninchen
im Schußfeld; ein Korridor in der Luft,
das Geräusch einer freien Bewegung. Blicke
auf Ufer, Anlegestellen; die Angler auf
diesen Skizzen wollen nichts sagen.

Walter Helmut Fritz

Schlaflos

Oft sind auch Fragen
schlaflos, Teil der Dunkelheit.
Warum beginnt der Weg erst
– gegen alle Übereinkunft,
allen Augenschein –
wenn man das Ziel
endlich erreicht hat?

(Meißen, September 1991)

Uwe Kolbe

*** für Hans Scheib

Es ist eine Hölle,
im Schatten, das Zeichen
bestimmen zu wollen.

Es ist ein Versuch,
mit der Zeit
an ihrer Achse zu rechten.

Es ist Menetekel –
kein König, kein Deuter
berufen.

Es ist ein Gesicht,
wie nichts deutlich.
Das steht an der Wand.

Michael Wildenhain

Die Frage

Man fragt mich was ich denke
Ich antworte wenig ich weiß es nicht mehr
Man fragt mich und die Freiheit?
Ich denke die mag ich sehr

Man fragt mich warum schweigst du?
Weil sage ich der forsche Tritt
Der Jubelnden um mich die Stille verschluckt
Man zwinkert faßt mich unter
Ein Lied und nimmt mich mit

Steffen Mensching

Liquidation totale

Euphorie, Katzenjammer. Freundliche Marktlage
Für einfache Kausalketten.

Herr Hegel, Philosophieprofessor, Berlin, gewinnt
Alle Ratespiele im Frühstücksfernsehn.

Davon ab. Etwas Bescheidenheit
Steht dir ganz gut zu Gesicht, insofern

Das Schlachtfeld mit Augen
So genannt werden kann.

Oversized, oversized. Modische Kapriolen,
Overalls, Schultern wie *Superman.*

Ansonsten alles eine Nummer kleiner, geschrumpft
Auf menschliches Maß. Ego ist in.

Morus-Campanella-Sonnenstaat AG, klimatisiert
Und vorgebräunt zu den globalen Wühltischen.

Davon ab. *Was Sie wirklich suchen,*
Finden Sie hier. Headline

Im Schaufenster, Sexshop Bahnhof Zoo.
Leicht gesagt. Schwer

Von der Hand zu weisen. Ach, führe uns
Nicht in Versuchung. Apropos,

Der Spielautomat, Pizzeria Winsstraße
Heißt *Utopia.* Weiblicher Schlitz

Für harte männliche Münzen.
Faß das nicht an, das

Wirst du nicht los. O Gott
O Schrott

Nimm deinen weißen Arsch
Und tanz die Tarantella.

Bruno Hillebrand

Einfach nichts

Weil alles
viel zu hoch
aufgetürmt war
brach es zusammen.

Leere Kartons
aus steilen Regalen
die in den Wolken verschwanden.

Mit hohlem Todeslaut
platzten die Pappkartons
das Publikum staunte.

Dabei hatte der Laden
ein großes Ansehen einst
etwa unter dem Gründer
einem strengen Herrn
mit Stehkragen
und Zylinder.

Günter Grass

Das Unsere

Breit liegt das Land, in dessen Lied wie in Prospekten
sich Schönheit weit gehügelt austrägt, gegen Norden flach,
besiedelt eng (in dieser Zeit) bis unters Dach.
Wo sich die Kinder einst vor Vaters Zorn versteckten,

ist keine Zuflucht mehr, nein, nichts schließt mehr geheim.
So offen sind wir kenntlich, allseits ausgestellt,
daß jeder Nachbar, ringsum alle Welt
als Unglück treiben sieht, was unsres Glückes Keim.

Wo wir uns finden, hat verkehrte Konjunktur
uns fett gemacht. Dank Leid und Kummer satt
schlug mästend Elend an als freien Marktes Kur;
und selbst auf unsre Sünden gab's Rabatt.
Still liegt Novemberland, verflucht zum tugendhaften Fleiß
in Angst vorm Jüngstgericht, dem überhöhten Preis.

Günter Grass

Späte Sonnenblumen

November schlug sie, schwarz in schwarz vor Hell.
Noch ragen Strünke, sind der Farben Spott,
im Regen schräg und suchen sich Vergleiche,
auch Reime, etwa Gott und Leiche.

Noch immer tauglich, stehn sie mir Modell,
weil ausgesägt vor Himmeln, deren Grau
im Ausschnitt und total zerfließt,
drauf eine Meldung sich als Botschaft liest:

Geschieden sind wie Mann und Frau
nach kurzer Ehe Land und Leute.
Karg war die Ernte, reich die Beute.
Ach, Treuhand hat uns abgeschöpft.
Wer bei Verdacht schon Sonnenblumen köpft,
dem werden Zeugen fehlen, den erwischt die Meute.

Karl Krolow

Das Denken in Immobilien

Das Denken in Immobilien
und die nötige feste Hand:
wem raubt es den Verstand?
Das west-östliche Vaterland
braucht männliche Utensilien.

Oder irrt da jemand, der sich
auch anderes vorgestellt?
In der folgerichtigen Welt
– das gilt für dich und mich –

gilt nicht die Phantasie.
Und das Wünschen ist abgeschafft
für immer – man weiß nicht, wie.
Und wer sich gar vergafft
in die falsche Ideologie,
der irrt sich im Osten und Westen,
der staunt und verschweigt sich am besten.

Richard Pietrass

Randlage

Die letzte Saat
Des Felds ist aufgegangen.
Ellenbogen
Vermessen das Land.

Pflöcke stückeln
Roggenschläge.
Zins- und Pferdefuß
Gehen zur Hand.

Am Rapsrain
Trapst die Nachtigall.
Die Säge singt
Im Holunder.

Die Bauern motten
Pflüge ein.
Dem Schafstall
Blüht ein Quellewunder.

Wohin ich Habnicht sehe
Sieht mich das Ende an.
Ich stehe und verstehe.
Wende sich, wer kann.

(1992)

Hannelies Taschau

Diese Villa Warum nicht

Diese Villa eines manierlich gewesenen
Direktors
Jugendstil bis in die Schlüssellöcher
Eine Veranda gegen die Sommernachmittags
nässe ein Wintergarten für den Wintergarten
ein Balkönchen für Ansprachen an die
Kalibergarbeiter eins für ihre Ovationen
Küche und Diener fern der Herrschaft
Keller ausreichend für vorstellbare Kriege
Tief in einen Park gebaut mit Walnußschatten
Falscher Aprikose zu Italienern geschnittenen
Lebensbäumen und überall Reseden
Anbauten für die Schweineseelen folgten später
Die Dächer sind schadhaft geblieben
Der Erde auf den Buckel gebaut eine Villa jetzt
bäumt der sich unter den Füßen
Es muß ja nicht diese Villa sein
Resedenduft Reseden duften hauptsächlich
Ehemals verkehrsgünstig gelegen an der
Straße nach Salzwedel
Ehemals umhäkelt mit einem Zaun
Heute haben sich die Bedeutungen verschoben
Viele Familien leben hier ohne zu
investieren eine Kleinhundezucht belästigt
nicht mehr als die Libanesen
Das Kaliwerk ist geschleift ein Salzsee ist
entstanden mit außergewöhnlicher Salzflora
Man könnte sich nähern bis zum Verbot

Franz Hodjak

landrecht

wieder sind es nicht die unterschiede,
die endgültigen, die nach den mühen,
dieses mal der ebnen kommen. ist es
der fluch, ein nachgeborener zu sein?
die wut errötet und die scham bleibt prüde.

pfeif alle illusionen, die sich weigern,
wie verlaufene hunde zurück. ist es
das maß, zu geben, was du aufgegeben hast?
nur untertanen wollen recht auf land. die jahre,
die noch kommen, werden es versteigern.

Joochen Laabs

Ungerechtfertigtes Lamento

Alles was Recht ist und jetzt ist alles
Recht was man hat ist zu wenig mal
ehrlich aber was man nicht hat ist
zuviel auf einmal Einigkeit und Recht und Freiheit
konvertierbar und nicht nur bis an die Maas
ätsch die ganze Welt liegt plitzplatz
zu unseren adidasbeschuhten Füßen und darüber
der gute Stern nun auch auf allen unseren
Straßen wäre zuviel das lassen wir uns gerne
bei dem Dreck am Stecken also die Ärmel hoch
oder wie es im Liede heißt das Hemd schwarz weiß
weißer wird
mitgeliefert bloß alles was Recht ist
ist zuviel mal ehrlich eigentlich hatte
unsereiner wenn auch nicht so doch
sonst wär er nicht was er ist und
wie er ist liebt sich der Mensch mit oder ohne
aber nun wie gesagt soll er was er
nicht mal im Traume auf Anhieb
ein Hieb ist das für einen der
wie er ist ohne alles und Recht geworden
und nun paßt es nicht wie die Faust aufs Auge das
sieht nicht gut aus der Wäsche allein mit dem Hemd
ist es nicht getan das lassen wir uns schon sagen
wie gesagt und: Hand anlegen müßt ihr aber selber
an euch das ist doch nicht zuviel verlangt für alles
was Recht ist

Richard Pietrass

Brache

Die Landschaft blüht.
Das unbestellte Feld.
Das Vorjahrskorn
Durchsetzt mit Mohn.

Der Grundzins steigt.
Der Doppelzentner fällt.
Die alte Last
Verpraßt den Lohn.

Der Frühaufsteher
Ist nun frei
Den lieben Tag
Am Schank zu stehn.

Wirt, ein Bier.
Schreibe zwei.
Keinem wird
Es schlechter gehn.

(1992)

Hans-Ulrich Treichel

Grand Hotel, Berlin Mitte

An der Bar eine Dame
in Blau, perfekt Russisch,
leidlich Französisch,
aber das kriegen wir hin,
der launige Sachse am Piano,
verschleppte Altlast und
kurz vor der Abwicklung,
mein Gott, meine Herren,
wir wollen keine Unmenschen
sein, die Suiten hingegen
sind durchweg entwanzt,
das garantieren wir Ihnen,
da räuspert sich nichts.

Sarah Kirsch

Langer Winter

Kam wie der
Bethlehemstern.
Wir heizten mit
Telegraphenmasten. O
Schauder die fletschenden
Kürbisse alle.

Preußische Akten
Riefen mein Ein-
Kommen ab für
Kopien.

Dennoch ging alles
Wie auf einer
Chamäleon-Hochzeit
Großartig zu.

Hans-Ulrich Treichel

Wendezeit

Die kleinen Friedenauer
Geräusche, und gleich
da hinten wird Geschichte
gemacht. Mein Fahrrad
lehnt friedlich am Zaun,
durchs Fernsehen flattern
die Akten. Vielleicht
fahr ich doch noch mal
rüber, an diesem mildwarmen
Abend, Spitzel angucken
und Sprüche austeilen.

Peter M. Stephan

Ein Just ein Janka ein Harich

Leute – wär ich ein Just ein Janka ein Harich
schrieb ich Parabeln schrieb ich Lehrstücke
ständ ich mitten im Mediengelausche
der Aufmerksamkeit der Zeitgenossen gewiß

So aber ein reiner Privatmann
ein schüchterner Individualist
ein vergnügter einsamer Trinker
ein Niemand ein Nichts

Nebbich ach Leute – wir deutschen Idealisten
wir wir revolutionären Tratschkisten
blauäugiges Gelichter Plankton des Denkens
schweigen immer wenns brenzlig Dichter und Denker
eine Seghers ein Becher ein Brecht
viele wahrhaft aufrechte Menschen

Harald Hartung

Zu den Akten

Wir wissen, sagt der Mann, grinst und fixiert mich
wir wissen alles über Sie! (Soll wohl
ein schlechter Scherz sein, denk ich an dem Abend
vor wieviel? dreizehn Jahren; rätsele
daran herum bis ichs vergesse) Gestern
in eine Menge Leute eingeklemmt
(der Redner langweilte) von irgendwo
fühl ich mich angestarrt: es war von damals
der Mann, ich kenn ihn unter Tausenden
Ich seh ihn fragend an, er weicht mir aus
als wüßte ich nun alles über ihn

(1992)

Gerhard Zwerenz

Bitte

Ich habe geglaubt. Wie könnte ich
dir vorwerfen, daß du geglaubt hast.

Meine Wende liegt in den fünfziger
Jahren. Wie könnte ich deine Wende
dir verargen, nur weil sie sich
verspätete.

Ich bin nicht schuldlos. Wie könnte
ich von dir Schuldlosigkeit erwarten.

Ich war blind. Deine Blindheit
ist meine Blindheit. Ein Dunkel.

Nur um eines bitt ich: Schmink
dein Versagen nicht nachträglich
um in Widerstand.

Wechsle die Götter nicht einfach aus.
Bete nicht im nächsten Tempel. Verfolge
nicht die neuen Feinde. Verwechsle dich
nicht mit dem besseren Menschen, der
du sein möchtest.

Der Sozialist liebt seinen Nächsten
mehr als sich selbst. Deshalb gibt
es so wenig Sozialisten.

Am schönsten ist es aufrecht zu gehen
meinte die Schnecke und kroch weiter.

Bruno Hillebrand

Bacchus-Soufflé

Wer möchte das nicht haben
die Seide den Samt
das feine Gesicht
die Redensarten
diesen Plunder

wer aber fragte
wenn ihr das habt
was dann?

Die Revolution
frißt ihre Kinder
das steht geschrieben
und wohl bekomm's
immer aber fressen
die Revolutionäre
vom Tische derer
die alles
bezahlen.

Lutz Rathenow

Der Rest vom Gedicht

Kumpelhafte Greise stopfen Seelen aus.
Das war einmal. Oder schon
die vollendete Vergangenheit wählen?
Wann strich ich jene Zeile? Zu gut
für den Text. Zu platt und zu fremd.
Überhaupt: die Greise, aller Macht entkleidet,
kindisch. Wortschleier, zum Gähnen – diese
Treuelust. »Es war nicht alles schlecht.«
Der Satz des Jahres, der nächsten Jahre.
Wirklich, so schlecht war es nicht, eher
unendlich verdorben, widerwärtig komisch,
zum Totlachen kaputt. Wer überlügt wen.
Vergreiste Kindsköpfe, wir alle. Zu blöde,
die ganze Blödheit zu erfassen. Allein
die Vielfalt der Neurosen lebt sich aus.
Die Klarheit des Hasses hielt jung.
Auch der und alle anderen Krankheiten
entwischen, verduften. Und sind nicht weg.
Findet einfach kein Ende, dieses Ende –
nur dieser Text kommt zu einem Schluß.

Kurt Drawert

… doch

es muß auch eine Hinterlassenschaft geben,
die die Geschichte des Körpers,
auf die ich selbst einmal, denn das Vergessen
wird über die Erinnerung herrschen,
zurückgreifen kann wie auf eine Sammlung
fotografierten Empfindens, und die die Geschichte,
denn das innere Land
wird eine verfallene Burg sein
und keinen Namen mehr haben und betreten sein
von dir als einem Fremden
mit anderer Sprache, erklärt.

Heinz Czechowski

Nach dem Umsturz

Das Leben: ein Thema
Mit wenigen Variationen.
Schon als ich
Geboren wurde,

Verlor ich
Die Geduld und schrie,
Blauhäutig, nach
Einem besseren Leben.

Die Kindheit
Überstand ich
Im Schatten des Ahorns.
Ich sah

Zwei Männer, die
Einen Holzgasgenerator
Versorgten: langsam
Setzte sich ihr Gefährt

In Bewegung. Ich
Hatte wenig zu tun,
Alles
Kam wie von selbst.

Die Namen der Lehrer,
An die ich mich
Noch erinnre:
Frau Schmorl, Herr Bach,

Herr Klotz und Herr Schmidt.
Meine Freunde
Gingen über
Die Grenze. Ich

Bin geblieben. Hier,
Wo ich bin,
Wird keine Revolution
Mein Leben verändern.

Man lebt nicht
Unter dem Schirm
Irgendeiner Regierung. Ich
Kann mich nicht

Unterbringen in
Fragebögen, Steuer-
Erklärungen und
Versicherungspolicen. Auch

Das neue Geld
Ist Geld. Grundsätzlich
Sehe ich keine
Veränderungen, die

Mich betreffen. Meine Wut
Richtet sich immer noch
Gegen das weiße
Unbeschriebne Papier.

(1991)

Christa Wolf

Prinzip Hoffnung

Genagelt
ans Kreuz Vergangenheit.

Jede Bewegung
treibt
die Nägel
ins Fleisch.

(Dezember 1991)

Bernd Jentzsch

Selbstporträt im Wasser

Die Hand am Fuß in der gefluteten Badewanne,
Wenn er die Nägel schneidet.
Nackte haben den Wunsch, die Kleider zu wechseln:
24 Hemden täglich, Joggingschuhe, 1 Hose,
Die der Liebe günstig ist.
Das nichts-farbne Wasser,
Welches er für den Ozean hält
Seiner läßlichen Verfehlungen,
Steht ihm bis zum Hals.
Der ist nicht zu retten! für gute Worte.
Die Dritte hat die Schere.
Der Badende ruht eine Weile
Und erkaltet im Zeitvergehn. Aber
Schön ists, die Seele
Zu entfalten und das würdige
Verletzte Leben.

(1992)

Peter Rühmkorf

Früher als wir die großen Ströme noch

Früher, als wir die großen Ströme noch mit eigenen Armen
teilten,
Ob, Lena, Jennissei, Missouri,
Mississippi, Elbe, Oste,
und mit Gesang den Hang raufzogen
und mit Gesang auch wieder herab,
immer den Augen hinterher und Hyperions leuchtenden
Töchtern,
des Tages Anbruchs Röte
und des Mondes Aufzugs Beginn –
Heute: drei Telefongespräche und der Tag ist gelaufen.

Ja, man steht noch in Korrespondenz, das wohl . . . .
Paar Gedankenstriche zu einer Ästhetik des Flickworts,
eine Hoffnung.
Etwas Zuspruch aus zahnlosen Mäulern,
ein Gewinn.
Dies nervöse Verflackern der fleißigen alten Kerle
kurz vorm Abschiednehmen,
ohne daß nochmal jemand richtig Reisig nachwirft –
Aber es ist immerhin nicht das erste Mal, daß du seufzst
und hoffentlich nicht das letzte,
irgendsoeine blindgeborene Mickymaus wird sich schon
noch finden,
die deine Anlagen würdigt.

Wenn man bedenkt, wie vielen trotzigen kleinen
Tante-Emma-Läden
du bis zum letzten Hirsekorn die Treue gehalten hast,

und sind ausnahmslos untergegangen ....
Und dann kommt ja auch bald der Moment,
daß du selbst die Regale räumen mußt,
nur weil von hinten unentwegt die neue Ware nachdrückt:

Vom Dreck ergriffen steht die Menge da.
Nicht zur Hilfe eilen die Mitmenschen,
sondern zu niederen Schauzwecken.
Du aber sitzest angestrengt auf deinem Scherbenhügel,
einen abgerißnen Fluch im Hals –

Alles Quack, wer der Welt zu tief ins Auge gesehn hat,
um noch an ihr leiden zu wollen,
wird den Mangel an Service hier nicht so persönlich nehmen.
Lieber als daß ich einiger abgesoffener Salatblätter wegen
gleich nach dem Chef des Hauses verlang,
laß ich mir doch das restliche Abendlicht auf der Netzhaut
zergehn.
Ein paar dampfende Dachpfannen nach dem Regen.
Eine nasse Hecke, hingestreckt über tausend Meter,
eine viertel Stunde lang.
Ja, und am Ende sehnst du dich dann nach den Tagen,
die du jetzt so lieblos verabschiedest.

(1990)

Henryk Bereska

Blick aus der Scharnhorststraße

Mein Blick vom Balkon, vierter Stock
der Scharnhorststraße: Mauer, Drahtverhau,
Hundeleitseil: geahnt und im alten Stadtplan
aufgelesen: Spandauer Schiffahrtskanal, Grenzlinie
in der Mitte, scharf bewacht die gedachte Linie.
Jenseits Gütergelände, Betonmischer, Lagerhallen –
dahinter die Heidestraße, Fernstraße 96, den Süden
mit dem Norden verbindend, uns auslassend.

Mein Blick verweilt auf den 6 Häusern drüben.
Könnten hier stehen. Derselbe Baustil – um 1900,
ähnliche Bewohner vermutlich.
Kerzen in den Fenstern zu Weihnachten.

Mein Blick zu den Häusern über 28 Jahre –
wehmütig. Halber Kilometer Luftlinie.
Unüberwindlich.

1989 fiel die Unbezwingliche, von Flüchtlingen
in Ungarn bezwungen.
Die schändlich Gewordene ward stückchenweise
an Raritätensammler verhökert. Mitsamt Blutspuren.

Hin lief ich tags nach dem Mauerfall in die fremde,
vertraute, von rasenden Autos Beherrschte.
Felsen in der Brandung die 6 Häuser. Fernfahrerkneipe.
Darin Männer, Pfeile werfend und trudelnd.

Chicago. Die gleichen Sprüche wie hüben.
Berlinisches Geflachse, knapp, kein Wort schweift um.
Doch nicht ein Becher kreiste, jeder hat hier seinen eigenen.
Die Sprüche der letzten 28 Jahre hätt ich gern gehört.

(1989)

Wulf Kirsten

september am Ettersberg

1
ach, Rußland, mütterchen, du bist unendlich,
am blankgefegten septemberhimmel fuhr nicht ein wölkchen
zu dir, beladen mit fracht, ich weiß nicht, wie viele
unter diesem himmel schon desertiert sind von den deinen
und wie viele ihnen nachfolgen werden, eh sie abfahren.
irgendeiner muß die seuche eingeschleppt haben, einfach
stiften zu gehen quer über die felder wie damals, als sie
blind vor frühlingssehnsucht vom Ettersberg türmten
und wie die feldhasen niedergestreckt wurden.
am bahndamm liegt schon wieder einer in uniform,
keinen orden an der brust, viel zu jung zum sterben,
vielleicht achtzehn, als wär's der erstbeste pappkamerad.

2
welch schöner september hier oben,
vor meinen augen öffnet sich das vom blanken himmel
zur ebenheit niedergedrückte land. einer neben mir
weiß nichts mehr von sich, die erinnerungen sind ihm
davongelaufen. ein anderer schreibt
sein verflossenes leben um, bringt es nachträglich
in die passende form und fasson. einer hat den lieben gott
über die klinge springen lassen. einer trug den decknamen
Petrus und schrieb getreulich berichte. die boshaftigkeit
seiner verleumdungen sucht ihresgleichen,
wird mir berichtet. mehr begehr ich nicht zu wissen
an diesem tag, in wolkenlose geschichte getaucht.
wo aber bleibt die reine poesie?

(1991)

Carl Guesmer

Bilder aus Mecklenburg

I

Die Grenze ist nur noch spürbar:
der Zug fällt in rumpelnde
Langeweile zurück: zu lange
waren die Gleise gut aufgehoben
im Rost gegen auszehrende
Geschwindigkeit. Da denke ich
an Radfahrten meiner Kindheit,
an Dörfer, mühelos
auf gepflasterten Straßen
erreicht, von denen dann
nur ein Weg weiterführte,
der langsam in losen Sand,
gegen das Fahrgleichgewicht,
auseinanderfiel.

III

Die Backsteinkirche: lapidare
Feststellung, daß wieder
einmal ein Anspruch,
ihren Grund auszutilgen,
dahin ist. Das Gelächter
über Gebet und Auferstehung
(lange staatlich verordnet)
konnte dem Gotikgemäuer
nicht mehr anhaben als
spärlicher Moosbefall.

Ulrich Schacht

Rosenhagen am Meer

Die Türme sind
leer entschärft der
Zaun getrocknet das
Blut: Wir gehen
durch die

November
Schneise ins
Dorf das schweigt: Dem
ewig entbehrten Meer
entgegen woher

wir kamen, einen Weg
entlang zwischen laublosem
Holz, darin Lear seine
Töchter sucht, und
dem Steinsaum

auf den
er stürzt hart unter
leisem Regen: Wir hören
Hunde. Wir laufen fort. Du
kehrst deinen Leib. Lear
zu retten oder
mich

Harald Gröhler

Die äußerste Oberfläche der Haut

In den neuen fünf Ländern
geben sich Leute
viel öfter die Hand, wenn
sie sich treffen.

Sich die Hand
reichen,
verpönt bei uns schon
unter großstädtischen, rheinischen
Leuten.
Sich abheben
... und vor allem vom
leiblichen Vater.

Nur in einem Traum
hat ein gewisses
Mädchen minutenlang
jemand
die Hand geschüttelt.
Schüttelten stundenlang unsere Hände.
Meinem Bruder,
dem Glashausarchitekten,
der tot ist.

So erfahr ich
von ihr selbst.

Was sie
nur noch nicht weiß: diesen Traum

muß ich ewig
ihrem Schwager verschweigen. Und hier,
am Rhein?
Zuweilen
ist noch möglich, kurz
die Hand des
Nächsten zu spüren. Wenn ich ihm
einen Scheck übergebe
oder Frau Duffes mir Groschen wechselt.

Peter M. Stephan

In den achtziger Jahren

hatten wir reichlich Gelegenheit nachzudenken
über uns und die andere übrige Welt
Alles setzten wir zu elementaren Strukturen zusammen
lösten es wieder auf dadaistische Legosteine
Wir zählten die Tage Montage bis zum Wochenende
Sonntags wollten wir beamtet sein kein Streß
Das nannten die Zeitungen trabend KUNST während wir auf
poetischen Anarchokurs gingen zu unsichtbaren Gestirnen
Arbeitslos und einkommensschwach kam die deutsche Ein-
heit
gerade richtig nur nicht für uns Dichter und Denker
Ansonsten geschah vieles und fast nichts ...
Wir lebten bewußtlos in einem Jahrzehnt aus Wiederho-
lungen
Nahmen alles auf Video auf und bemühten uns alles zu ver-
stehen
für jeden ein Plätzchen zu backen oder zu schaffen
während die Armut überall wuchs und gigantische Schatten
warf
wurde die Sprache erfinderisch der Duden dicker die
Gemüter lässiger die Anspannung ließ softig nach
Wir nannten uns kühn DIE POSTMODERNEN weil
wir Tiger
auf der Leinwand jagten weil unsere schönen Idole Falten
bekamen
Neues Land kam nicht in Sicht wozu auch? Die
verkommenen Länder und verslumten Städte unbezahlbar
Die Glaubenskirchen gaben keine Antworten mehr
Wir lebten wie Lenz so dahin bis alles in einem Ruf auf der

Straße explodierte und unsere leibeigenen Trümmer
uns ins Gesicht flogen ins neue Jahrzehnt Jahrhundert
Wir sind das Volk
Wir sind das Volk nie

Harald Hartung

Rückzugsgefühl

Morgens noch München, im Stau auf dem mittleren Ring
tröstet das Radio mit einem anderen Unglück
Dann freie Fahrt, die Hopfenstangen der Holledau
Erinnerung an ein tintenblaues Gedichtbuch
Nun langsam, wie lange hab ich geschlafen? Wirklich
hier war die Grenze Sperranlage und Schießbefehl
hier knallten sie Corghi ab den Camionista
weil er rannte um ein vergessenes Dokument
Regen bis Bitterfeld, später die tote Elbe
Finster der Brückenturm, *Plaste & Elaste aus* …
wo blieb die real existierende trauliche Schrift?
Dunkles überschwemmt uns, Rückzug, Ufa-Wochenschau
Im Graben aufgegebene Wartburg und Skodas

(1991)

Kurt Drawert

Ortswechsel

Meine Freunde im Osten
verstehe ich
nicht mehr, im Landstrich
zwischen Hamme und Weser

kenne ich keinen.
Gelegentlich grüßt mich
der taubstumme Bauer
von gegenüber, oder ein Beamter

kommt auftragsgemäß
und überreicht,
was zu befürchten war,
mit lockerer Hand.

Nirgendwo bin ich angekommen.
Nirgendwo war ich zuhaus.

Das stelle ich fest
ohne Trauer. Was also

hole ich her,
wenn ich bleibe,
was sollte bleiben,
wo es jetzt ist.

Der Geruch nach nassem,
faulendem Holz

morscher Dielen
ist im Gedächtnis,

die Gespräche des Nachts
waren wertlos und sind schon
in alle Winde
verkauft. Voyeure

des besseren Wissens
sind wir gewesen, mit der
gesicherten Stille
des dauernden Winters

im Rücken, mit schönen Sätzen,
die irgendwo im Büro
eines kläglichen Amtes
zerbrachen.

Daran
schweigen sich lautstark
meine Freunde von gestern
heute vorbei,

denn schon wieder gilt es,
das falsche Wort
im rechten Moment
zu verpassen, den Startschuß,

das nächste Ziel abwärts.
Jetzt also spreche ich Klartext:
Ihr habt mich getäuscht. Ich
bin ein anderer gewesen

im Zentrum der beschädigten Jahre.
Doch wenn ich, für die Sekunde,
meinen Namen vergesse,
dann verstehe ich wohl

diesen Grabgang
der Sprache und möchte bedauern
und die Verwesung
allen Gewissens

milde betrachten,
so wie sich das Herbstlicht
am Abend sanft senkt
zwischen den Weiden

und die Dinge im Nebel
davongehn wie müde,
geschundene Tiere. Doch
ich verstehe es nicht.

Doch mein Körper
ist ruhig geworden,
und es grüßt mich
der gemiedene Bauer.

(1992)

Annerose Kirchner

Halbzeit

Das halbe Leben
zwischen Grenzen aufgerieben;
im Fadenkreuz kein Pfand auf die Zukunft.

Passagen en gros ins gelobte Land
für einen dumpfen Kniefall.
Bitte, das Schweigegeld abzählen und bündeln!

Ich blieb, fremd in der Heimat
und beruhige mein Gewissen im Vergessen.
Jede Liebe bereitet mir Schmerz.

Die kommende Zeit kann ich nicht überlisten.
Mein Körper stirbt,
bedeckt vom Sand der Urnen.

(1992)

Durs Grünbein

Damnatio memoriae

Daß du nicht fortgingst, kaum erwacht, von diesem wind-
Stillen und kultischen Ort, okkupiert von Verächtern,
Der junge Körper im Schlaf erpreßt, woher wußtest du,

Damals schon, daß es das Falsche war? So ungeschickt,
Ein Schauspieler in der Rolle des Kaisers Domitian,
Kleine, vom Hungern müde Fliegen über Tische fegend,

Warst du gebannt von den schlechten Manieren
Politischer Barbaren, von ihrer Grobheit, ihrem kaum
Verborgnen Drang nach einem Bad im Paradiesschlamm.

Phrasen entzückten dich, hohles Gerede von Wissenschaft
Die das Leben erneuern sollte, machte dich froh.
Irgendein Skeptiker hielt dich mit Argumenten in Schach.

Aber das war es nicht. Nicht die Dekrete, verlesen nachts
Von schwammigen Vasensammlern, in den Baracken
Voll pollutierender Jünglinge, des Augenblicks Brutalität

Zog dich in den Jahrhundertraum theologischer Lehren.
Von dort zurück halfen nur Attentate, zu kühn für dich,
Auf ergraute Prätoren, Hohepriester der violetten Magie.

In Verrat geschult, gaben sich Greise den Bruderkuß
Vor Potemkinschen Dörfern, Gouverneure, die ihr Jagdwild,
Von Scheinwerfern geblendet, beim Füttern erledigten.

Anarchie, und auch das war nicht neu, wich dem Studium
Haarfeiner Kranzgefäße um das kalte Herz des Diktators,
Dem Kopieren von Muttergesten, Stammbäumen, Plänen

Für Paläste und den geheimen Fluchtweg aus dieser Zeit.
Alles war vorläufig, brüchig, eine Ödnis, zerstampft
Von den Drachen der Industrie, und zu weinen verbot sich.

Solange es Tontafeln gab, bekritzelt mit Krähenfüßen,
Bliebst du dem Fundort treu, provinziell bis zum Gaumen,
In den Taschen die Reiseführer durch langen Schlaf.

Einer Blindschleiche, vielleicht, wärst du zögernd gefolgt.

Uwe Kolbe

Zentralviehhof

Wir sind was dumpf am Stumpfe des Jahrtausends.
Die Fußspitzen könnten mal wieder rein sein,
das steht wohl fest, doch unterlassen wir,
tief schauend, jene Tat. Lieb Nachbar mein,
es willst auch du die Eisen nicht durchbeißen,
rund, blankgewetzt vom Fett der Generationen
(S-Bahnstation Leninallee und Folgen)
– ich schau dir in das edle Aug! Und ob
die Namen sie zu richten kommen, gummi –
geschürzte Kerle Herdenführer werden?
Wir sind was dumpf, wenn wir auch vorwärts gehn,
endlich empor zum Tor. Mich deucht, ich seh.

Ursula Krechel

Rost in Rostock

Der Vater buchstabiert dem Kind ein Wort vor: Todesstreifen.
Da habe ich drauf gestanden und gewacht, so lang der Staat.
Es warteten die Frau zuhaus, das Kind, du. Worauf ich.
Leute mit schlechteren Nerven bissen ins Gras. Worauf ich wartete
hieß Grenzzwischenfall. Gras im Mund, Schaum vorm Mund.
Leute mit besseren Anwälten stehen vor. Es gibt noch Gesetze in.
Es fiel so viel, viel saurer Regen fiel, es fielen Greise
um wie Puppen. Mundwerke blieben stumm, Werften rosteten.
Es brannten Türkenkinder wie am Spieß. Ich weiß nichts, Kind.
Mein Land ist über den Jordan, hat größere Flüsse gesehen und
kleinere Zwerge. Vaterland, Kind, Fastenzeit der Hirne, aus-
gemergelte Herzen, Kopfstillstand, Triumph des Ausverkaufs
auf drei Etagen. Deine Mutter fiel in ein Loch, ich soff
wie ein Loch, fiel wiederum in sie. Werften starben. Schwamm drüber.
Als Vermählte grüßen: Deine Mutter und ein Baseballschläger.
Vater, ich bin dumm und klein. Muß dir dein Vater sagen, daß er
die Wacht am Rhein gesungen? Worauf hast du gewartet, Vater?
Daß zwischen allen Zwischenfällen. Daß einer totgeschos- sen von wem.

Karin Kiwus

Dieser eine Russe

Lange nachdem damals
plötzlich
Flugzeuge am Himmel erschienen,
Bomben fielen und Soldaten eindrangen,
Frauen und Kinder erstarrt standen vor Schrecken,
aber die Männer schon mit erhobener Faust;

nachdem dann
Partisanen versammelt waren
im Eichenwald, Männer mit Feldstechern,
Kinder mit Handgranaten, Mütter und
Schuljungen mit Maschinengewehren;

nachdem auch er
verlautbaren ließ, daß *die Hitlerischen Schurken*
es sich zum Ziel gesetzt hätten, die Bevölkerung
der Ukraine, Bjelorußlands, des Baltikums,
der Moldau, der Krim und des Kaukasus
zu versklaven oder auszurotten;

nachdem das ganze
elend überfallene und geschändete Volk
sich erhob, trotzte, kämpfte und einsatzbereit
blieb in den Betrieben, Bergwerken und Schulen,
in Transport und Verkehr und auf den Feldern;

nachdem die mächtige
Armee *unter dem siegreichen Banner*
des großen Lenin entschlossen voranrückte

und in Trümmern selbst die Städte noch
verteidigte, Moskau und Tula, Odessa
und Sewastopol, Leningrad und Stalingrad;

nachdem endlich
Frauen, Kinder und Greise
die heimkehrenden Helden begrüßten
mit Blumen und Wein, nachdem jeder
Gefallene beweint und aufgebahrt war
unter Fahnen und Siegerkränzen;

lange nachdem damals
die Rote Armee
ihr edles und erhabenes Kriegsziel
erreicht und unwiderruflich
zu sichern gesucht hat,

wird nun nur
dieser eine Russe
noch auf befreitem Boden stehen,
dreimallebensgroß
hoch auf seinem Sockel,
in weitem derbem Mantel,
Bluse, Gürtel, Hose, Stiefeln,
ein Kind auf dem linken Arm,
ein Schwert in der rechten Hand,
das zerschlagene Hakenkreuz unter sich,
schaut er aus jungem grobem unbewegtem
Gesicht bedingungslos weiter nach Westen.

Ein weiser Herrscher
damals
wie der Erste Kaiser von China
hätte doch alle Soldaten

zu seinem und ihrem ewigen Ruhm
als Tonfiguren nachbilden lassen
in voller Gestalt. Allein die Gefallenen
wären, 20 Millionen Schulter an Schulter
unterirdisch in Viererreihen, im Jenseits gar
unüberwindlich gewesen für spätere Gegner.

Eine still befestigte Front, von der Ostsee
zum Schwarzen Meer und zurück,
eine Mahnwache vielleicht
von Berlin bis hinter den Ural.

Harald Gröhler

Die Figur der Flucht

Vorm Haus
des neu Zugezognen.

Flüchten:
zurückgehen,
weichen;
so kenne ich das.
Ahnungslos
jedesmal ich,
wenn ich von Flucht hörte.
Stoben die Flüchtigen nicht
hinter dem Geld
und der Deutschmark her?

So lösen wir leicht
die Probleme
der Benachbarten. Und ich laufe
eine Ellipse. Freilich,
wo?
Auf der schnurgraden Straße. Hier
treff ich den Stadtstreicher.

Ich hör ihm kurz zu. Sein
immerwährendes Ausweichen. Nein,
die Figur
der Flucht
haben die Nachbarn verändert.

Nicht mehr die Angst
aus dem Tierreich. Herdentrieb
njet. Scharfe

Intelligenz,
Einfälle,
Phantasie sind
wichtig dabei.
Nicht zurückgehen,
sondern —

Henryk Bereska

Verschließt trotzdem nicht euren Mund

Es kommt alles anders, als mans heute beschwört,
nur noch kurze Zeit und das einzig Richtige
und das einzig Wahre werden falsch sein.

Und vergessen sein werden die Losungen von gestern
und als Fälschungen verlacht von den Fälschern.
Und diejenigen, die sie gestern
unter Gefahr in Frage stellten,
werden von den Heuchlern verspottet.
Und keiner wird loben
den Mut der Unbestechlichen.

Und die Falschmünzer von gestern,
wieder in Amt und Würden, werden neue Losungen
unter die Leute streuen. Und keiner wird ihnen
die Falschheit von gestern nachtragen,
weil Erinnerung und Erinnerer lästig sind
und weil der Augenblick gilt.

(1980/1989)

Matthias Buth

Zwischenbilanz im Jahre Drei

Wer hat die Mauer überrannt
Zerbröselt geschleift
Wo ist Berlins weißer Schal
Der uns die Teilung warm hielt
Das Links und Rechts Gut und Böse

Wer hat die Errungenschaften ausradiert
Die Unabänderlichkeiten die Nähe gaben
Wohin ist die Trauer geflogen
Über die Brüder und Schwestern
Beruhigend unerreichbar

Wer hat uns gefragt als es ans Teilen ging
Ans Abschiednehmen von der gespaltenen Zunge
Wohin soll ich mich wenden
Umstellt von Freiheit und Einheit
Beitritt Eintritt Austritt

Deutschland
Ein Wort aus dem Ausland

Walther Petri

ich war im Gefängnis was träumte ich dort
vom ersten Augenblick Freiheit
aber als ich draußen begann
die Arbeit an der Gefangenschaft

(1992)

Hanns Dieter Hüsch

Ossis und Wessis

Also
Ich will es jetzt mal ganz milde ausdrücken
Aber damit muß jetzt mal radikal aufgehört werden
Sag ich als Wessi immer
Das muß jetzt mal langsam aufhören
Diese ganzen Einteilungen immer und Abkürzungen
In Ossis und Wessis
Ich weiß gar nicht mehr so genau
Wer damit angefangen hat
Ich glaube die Berliner haben uns Westdeutsche
Wessis genannt
Weil wir immer so hochtrabend dahergekommen sind
Na schön
Aber jetzt sag ich immer darf man als Wessi
Nicht immer den anderen
Also den aus der früheren Zone aus der Ostzone
Einen Ossi nennen
Und der sollte aufhören uns hier Wessis zu nennen
Auch nicht scherzhaft
Denn es ist ja letzten Endes alles ganz bitterböse
Und 43 % der Ossis fühlen sich auch herabgesetzt
Wenn wir Wessis sie als Ossis bezeichnen
Ist ja logisch daß die uns dann als Wessis bezeichnen
Und so weiter
Man sollte überhaupt sag ich als eingefleischter Wessi immer
Die Ossis nicht nur weiter nicht als Ossis bezeichnen
Sondern als Wessis auch nicht »Die neuen Länder« sagen
In denen die Ossis
Also unsere ehemaligen DDR-Schwestern und Brüder hausen

Sonst könnten ja die Ossis auch umgekehrt
Bei uns von den »Alten Ländern« sprechen
In denen wir Wessis hausen
Also ich meine daß man ein für allemal damit Schluß macht
Sich gegenseitig Ossis und Wessis zu nennen
Man sagt ja auch nicht Nordis und Südis
Sondern Niedersachsen und Bayern
Man muß sich diesen ganzen Quatsch mal aus dem Herzen reißen
Jeder Wessi und jeder Ossi
Sollte sich auf die Finger schlagen
Wenn er Ossi oder Wessi sagt
Oder 5 Mark zahlen an den Waigels Jung
Unseren Finanzmann
De Schnobbelsblaag der is ja Minister
Un hat keine Ahnung wie er et Geld zusammenkriegt
Und wenn einer ehemalige DDR
Oder auch sogenannte ehemalige DDR sagt
Sofort 5 Mark in die Kasse für »Die neuen Länder«
Verzeihung
Das wollte ich ja nicht mehr sagen
Sondern eben Mecklenburg Brandenburg Thüringen und so weiter
Genau wie wir sonst Rheinland-Pfalz Hessen Saarland
Oder Baden-Württemberg sagen
Damit der ganze Kram mal vom –
Wie sagt man immer –
Meine Kinder reden immer davon –
Der ganze Kram mal vom Bewußtsein her sich also
Sagen wir mal ...
Daß man das alles nicht mehr sagt
Und wir uns wenn es sein muß nur noch Deutsche
Oder besser noch einfach Europäer nennen
Das kann doch nicht so schwer sein

Da gibt es doch immer so Fortbildungskurse für Manager
Und Marketing und so
Wie schneide ich meinen Kunden den letzten Pfennig
Aus den Rippen
Und genau so könnt man doch auch so Abendschulen machen
Wo man uns die ganzen Worte
Wie Wessis und Ossis
Und »Neue Länder« und ehemalige DDR
Überhaupt Hüben und Drüben
Ost und West
Wo man uns diesen ganzen Geschichtsmist aus dem Kopf schlägt –
Man darf gar nicht mehr wissen
Wo der andere herkommt
Und der andere muß gar nicht erfahren
Wo unsereiner herstammt
Sondern alle sind Menschen
Das sag ich auch immer zu meinen Kindern
Wenn die Scheißbullen sagen
Das ist mir zu pauschal sag ich dann ihnen
Aber so'n Lernprozeß braucht halt seine Zeit
Und manchmal verliert man dabei die besten Freunde

Dieter Schlesak

Einzige Alternative

Alles ist so wie es ist
alles ist unerschütterlich so wie es ist
alles ist wie es gekommen ist
alles ist wie es kommen mußte
alles ist wie es wirklich kommen mußte

alles ist wirklich
alles ist so
alles ist
alles

Nichts ist so wie es ist
Nichts ist unerschütterlich so wie es ist
Nichts ist so wie es gekommen ist
Nichts ist so wie es kommen mußte
Nichts ist wirklich
Nichts ist so
Nichts ist

Nichts

ist so wie es ist
ist unerschütterlich so wie es ist
ist so wie es gekommen ist
ist so wie es kommen mußte
ist so wie es wirklich kommen mußte
ist wirklich
ist so
ist.

Bertolt Brecht

Kinderhymne

Anmut sparet nicht noch Mühe
Leidenschaft nicht noch Verstand
Daß ein gutes Deutschland blühe
Wie ein andres gutes Land.

Daß die Völker nicht erbleichen
Wie vor einer Räuberin
Sondern ihre Hände reichen
Uns wie andern Völkern hin.

Und nicht über und nicht unter
Andern Völkern wolln wir sein
Von der See bis zu den Alpen
Von der Oder bis zum Rhein.

Und weil wir dies Land verbessern
Lieben und beschirmen wir's
Und das liebste mag's uns scheinen
So wie andern Völkern ihrs.

(1950)

Bernd Jentzsch

Verbotenes Lied

O Vaterland, o Vaterland.
Laß uns dir zum Guten dienen.
Einigkeit und Recht und Freiheit.
Brüderlich mit Herz und Hand.
Und das liebste mags uns scheinen,
So wie andern Völkern ihrs.
Und der Zukunft zugewandt.

(*Verbotenes Lied*: Montage aus fünf Zitaten von drei deutschen Dichtern, deren Lieder in Deutschland/einem seiner Teile verboten waren/sind.)

(1978)

Kurt Bartsch

Liedervereinigung

Auferstanden aus Ruinen
Brüderlich mit Herz und Hand
Laß uns dir zum Guten dienen
Tochter aus Elysium
Daß zum Zwecke Wasser fließe
Und mit reichem, vollem Schwalle
Einigkeit und Recht und Freiheit
Zu dem Bade sich ergieße
Und der Zukunft zugewandt.

(1985)

Eva Strittmatter

Mein Land

Ich bin so ratlos, was ich lieben soll:
Das Land, in dem ich lebe, macht mir Schmerzen.
Dieses zerrissne Land. Voll Traumtänzern und toll.
Ein Organismus mit zwei Herzen.
Wie Siamesenzwillinge:
Jede Bewegung spürt das andre mit.
Kein Leiden, das nur eines
Und nicht das zweite litt.
Sie können sich nicht trennen.
Und wolln doch *für sich* gehn.
Sie müssen sich verbrennen
Oder im Haß bestehn …
Und ihr verlangt, daß ich es lieben soll,
Dieses verfluchte Land, in dem ich lebe,
Mein Land wunder- und wundenvoll,
Mit dem ich falle
Oder mich erhebe.

(20./21.10.1971)

Karl Otto Conrady
Deutsche Wendezeit

1.

Niemand vermochte vorauszusehen, was sich im Herbst des Jahres 1989 in der Deutschen Demokratischen Republik abspielte. Kein Politiker und kein Journalist, kein Schriftsteller und kein Zeithistoriker konnte damit rechnen, daß so schnell die Macht- und Herrschaftsstrukturen des 1949 gegründeten Staats zerbröckeln würden und daß sich so zügig, innerhalb eines einzigen Jahres, das verwirklichen ließe, was emphatisch ›deutsche Einheit‹ genannt wird. Niemand in Ost und West war darauf vorbereitet. Auch die umfassenden weltpolitischen Veränderungen, die die deutschen Wandlungen erst ermöglichten, waren in der Rasanz und Radikalität ihrer Abläufe und Konsequenzen nicht zu ahnen.

Noch ist vieles, was damals geschah und die Menschen in beiden Teilen Deutschlands bewegte, in lebendiger Erinnerung. Noch haften denen, die die Demonstrationen in den Städten der DDR erlebten oder an den Fernsehschirmen und Rundfunkgeräten verfolgten, jene aufbegehrenden, aufrüttelnden Rufe im Gedächtnis: »Wir sind das Volk«, »Wir sind ein Volk«, »Deutschland einig Vaterland«. Sie sind und bleiben mit jenen Stunden, Tagen, Wochen und Monaten verbunden, als unaufhaltsam geschah, was von historischer Bedeutung war, und sich vor aller Augen Umwälzungen von tatsächlich geschichtlichem Ausmaß vollzogen. Längst wissen wir, wie die Euphorie der frühen Phase im Geschiebe und Gedränge der Realitäten zerrieben worden ist; längst sind der Jubel der Nacht am 9. November 1989, als die Mauer durchlässig wurde, und die festliche Freude jenes ersten gesamtdeutschen Silvesters zu bloßer Erinnerung geronnen. Was damals bedrängend und für viele beglückend nah war, ist schnell Vergangenheit geworden, beginnt schon in ihr zu versinken. Nur noch ein sentimentaler Rückblick, von Melancholie verhangen, kann es erreichen. Denn manche der Hoffnungen sind zerstoben, die jene beflügelten, die die ›Wende‹ handelnd herbeiführten, und jene froh machten, die sie wünschten. Den Westdeutschen zudem ist nach der Begeisterung über den Fall der Mauer erst allmählich das Gewicht der Lasten bewußt geworden, die auch sie zu tragen haben, wenn sie das vereinigte Deutschland wirklich wollen. Noch ist, jetzt im Frühjahr 1993, nicht abzusehen, wann und ob die ›Wendezeit‹, in der wir uns seit dem November 1989 befinden, ihr gutes Ende findet: wo dann die Deutschen der DDR und der alten BRD wirklich vereinigt sind, also miteinander unter denselben und gemeinsam anerkannten und respektierten wirtschaftlichen und geistigen Bedingungen, ihren unterschiedlichen Möglichkeiten und Neigungen folgend, leben können und überdies im vielzitierten europäischen Haus ihre sichere und selbstverständliche Unterkunft gefunden haben, den anderen als willkommene Mitbewohner und mit sich selbst und der eigenen Vergangenheit im reinen, – so gut dies den Menschen mit der Mannigfaltigkeit ihrer Ansichten, Einschätzungen und individuellen Lebensläufe überhaupt möglich ist.

Es gibt inzwischen eine Fülle von Publikationen, in denen die vielfältigen Aspekte der welt- und deutschlandpolitischen Veränderungen erörtert werden. Verfassungsrechtliche Überlegungen, zeitgeschichtliche Darstellungen und Reflexionen, Reden und Erklärungen der handelnden Politiker, Erlebnisberichte, Autobiographien aus der Rückschau nach 1989: alles ist vorhanden, und allein die *Dokumente der Wiedervereinigung Deutschlands* füllen einen handlichen Band (hg. v. Ingo von Münch, Kröner Verlag 1991). Auch in der besonderen Sprache des Gedichts haben sich Autoren zum Geschehen der deutschen Wende 1989/1990 geäußert. Manche Verse stammen unmittelbar aus den Wochen und Monaten des Umbruchs, die Mehrzahl aber entstand im betrachtend abwägenden Rückblick, in nach wie vor erwartungsvoller oder mehr noch skeptischer Reminiszenz. Es sind Versuche erster Reaktionen auf ein unabgeschlossenes Geschehen, aus der persönlichen Sicht von Beobachtern und Betroffenen – und sozusagen auf eigene Rechnung und ohne Gewähr. Lyriker unterliegen nicht den Regularien der Geschichtsschreibung, die immerhin verpflichtet ist, alle einschlägigen Faktoren wenigstens zu erkunden und entsprechend zu beachten.

Als im deutschen Herbst des Jahres 89 die Demonstrationen begannen und sich große Teile des Volks öffentlich in griffigen Parolen artikulierten, war es gewiß keine Zeit für Gedichte nach dem Motto der Mörikeschen Zeile »Was aber schön ist, selig scheint es in ihm selbst.« Anderes war an der Zeit: konkret veränderndes Tun, direkt politisches Handeln, der gestaltende Zugriff, und sei es im kleinsten Bezirk. Die Lyrik war auf die Straße ausgewandert und dort zuhause, in Losungen und witzig-ironischen oder beißend scharfen Sprüchen auf Plakaten und Transparenten.

In diesem Band, dessen Titel sich die Überschrift eines Gedichts von Karl Krolow aneignet, sind Texte gesammelt, die sich in unterschiedlichen Formen der Lyriksprache mit der vielschichtigen Thematik der deutschen Wende befassen. Eine thematisch gebundene Gedichtanthologie also. Sie dürfte einen gewissen dokumentarischen Wert beanspruchen, wenn diese Zeit immer weiter in die Vergangenheit zurücksinkt. Deshalb und um der Thematik der Gedichte willen ist es angebracht und wohl erlaubt, in diesem längeren Nachwort einläßlich das historische Geschehen mit seinen signifikanten Vorgängen in Erinnerung zu rufen und ebenfalls einige eigene Reflexionen auszubreiten, die den schwierigen und nicht selten mit Emotionen besetzten Problembereichen der ›Wendezeit‹ gelten. Mit ihnen haben es, ausgesprochen und unausgesprochen, die hier zusammengetragenen Gedichte zu tun, zu denen dieser Essay hinführen möchte.

2.

Nichts in der Geschichte geschieht ohne Vorgeschichte, und alles ist eingelassen in übergreifende Zusammenhänge. Hier müssen skizzenhafte Andeutungen genügen. Was sich im Herbst 1989 entlud, war Resultat der Widersprüche und Spannungen, die sich in der DDR seit langem auswirkten und ihr eigentlich von Anfang an mitgegeben waren, mochten auch nicht wenige Menschen nach dem Ende des durch den Herrschaftsanspruch der Nationalsozialisten und ihre zugehörige ›Weltanschauung‹ verursachten Weltkriegs viel Hoffnung auf die Verwirklichung eines humanistischen Sozialismus setzen. Er versprach, den Frieden der Völker zu sichern, die republikanische Freiheit des Volks zu gewährleisten, die endliche Abschaffung von Ausbeutung und Unterdrückung herbeizuführen, hinreichende soziale Absicherung zu garantieren und eine gerechte Verteilung der zum Leben erforderlichen und wünschenswerten Güter zu bewerkstelligen. All das hatten Führungspersönlichkeiten des Kommunismus als leitende Zielvorstellungen proklamiert. Der Zusammenschluß von Sozialdemokratischer und Kommunistischer Partei zur Sozialistischen Einheitspartei Deutschlands (SED), im Händedruck zwischen dem Kommunisten Wilhelm Pieck und dem Sozialdemokraten Otto Grotewohl am 21. April 1946 zeichenhaft vollzogen (der dann als Emblem das Parteiabzeichen zierte), sollte endlich die Gemeinsamkeit der ›Arbeiterklasse‹ besiegeln und damit die fatale Zersplitterung in der Weimarer Republik zur überwundenen Vergangenheit werden lassen. Die Befürchtungen vieler Sozialdemokraten über diese Vereinigung erwiesen sich sehr bald als berechtigt. Zwar hielt sich die SED anfangs zurück, als rein kommunistische Organisation aufzutreten, zwar berief sie sich auf einen besonderen deutschen Weg (im Unterschied zum sowjetischen Vorbild), trat nicht – wenn auch selbstverständlich den Marxismus als verbindliche Grundlage anerkennend – als leninistische Kaderpartei auf und legte Wert darauf, als eine sozialistische Massenorganisation zu erscheinen. Aber 1948/49, im Bann des sich verschärfenden Kalten Krieges, setzte eine Wandlung ein, deren Ergebnis nie rückgängig gemacht oder auch nur wesentlich modifiziert wurde. Der Marxismus-Leninismus galt fortan als politische Doktrin mit wissenschaftlichem Anspruch; die SED etablierte sich als stalinistische »Partei neuen Typus«; Staat und Gesellschaft wurden entsprechend durchstrukturiert: Führungsanspruch der Partei (»Die Partei hat immer recht«); hierarchischer Aufbau des Parteiapparats mit strikter Befehlsgewalt; zentralistische Planwirtschaft; Ausrichtung des Bildungssystems nach den ideologischen Prinzipien des sog. wissenschaftlichen Sozialismus; Unterdrückung abweichender Meinungen und demzufolge strikte Lenkung von Kultur und Medien; Behinderung und Zurücksetzung Andersdenkender, bis hin zu planmäßiger Verfolgung samt allen Konsequenzen, die das neue Strafrecht sanktionierte. Alles aber unter der unablässig proklamierten Parole: nur so sei das Ziel einer menschenwürdigen Gesellschaft ohne Ausbeutung und Unterdrückung zu erreichen, nur so könne der Friede gesichert werden. Diese Perspektive galt als verbindlich; solange sie eingehalten wurde und – sei es in Andeutungen – erhalten blieb, konnten Künstler, Wissenschaftler, Schriftsteller und andere darauf hoffen, daß ihre Arbeiten zugelassen wurden und die Öffentlichkeit erreichten.

Was sich seit der (nach der Etablierung der Bundesrepublik Deutschland und ihrer damit vollzogenen Einbindung in das westliche Staatensystem erfolgten) Gründung der Deutschen Demokratischen Republik am 7. Oktober 1949 ausbildete, entsprach je länger desto weniger den immerfort propagierten Prinzipien. Der Widerspruch zwischen der Realität in der DDR und dem verkündeten Ziel, an dem die Verwirklichung zweifellos humanistischer Postulate einmal erreicht werde, war nicht zu übersehen oder wurde doch mehr und mehr erkennbar. Nur in der Formulierung des als gesetzmäßig sicher behaupteten Geschichtsprozesses und seines Ziels waren die Ideen des Sozialismus noch einzuholen. Jeder mußte sehen, wie er mit solchem Widerspruch zurechtkam. (Von den Staats- und Parteiideologen ist hier nicht die Rede.) So ist jedes rasche und pauschale Urteil über Anschauungen und Verhaltensweisen fragwürdig, auch wenn es zur (nicht nur) feuilletonistischen Rhetorik unserer Tage gehört; es bedarf jedenfalls sorgfältiger Nachprüfung. Es wäre auch falsch zu meinen, das gesamte Leben in einem Staat, der mit allen verfügbaren Machtmechanismen die eine politische Doktrin als die einzig gültige durchsetzen wollte, hätte sich pausenlos unter den Zumutungen der Indoktrination und Überwachung abgespielt. Die Menschen haben ihren eigenen Lebensbereich aufzubauen, zu sichern und zu erfüllen versucht. Vierzig, dreißig, zwanzig Jahre gelebtes Leben in der DDR sind immer mehr, als in Rastern und Formeln nachschreibend ordnender und wertender Historiker und Betrachter untergebracht werden kann.

Es gab während der Existenz der DDR Phasen stärkeren und schwächeren politischen Drucks. Von Zeit zu Zeit zeichneten sich immer mal wieder Erleichterungen ab und schienen sich Freiräume zu öffnen. Damit wurde bei denen, die die politisch-gesellschaftliche Zielrichtung der DDR im Prinzip für richtig hielten, die Erwartung geweckt oder stabilisiert, es seien tatsächlich Reformen des stalinistischen Marxismus und der von der SED praktizierten Politik möglich oder doch nicht auszuschließen. Noch 1966 erschien eine beachtenswerte Gedichtsammlung unter dem ebenso bekenntnishaften wie appellativ-verpflichtenden Titel *In diesem besseren Land* (hg. v. Adolf Endler und Karl Mickel). Heinz Czechowskis Gedicht *Brief* schloß dort mit den durchaus reflektierenden, aber eindeutig summierenden Zeilen:

> Widerspruch seh ich.
> Zweifel spür ich.
> Nur das, was hält und Bestand hat, der
> Zusammenschluß der Gleichgesinnten, ist die Kraft,
> Die hält und erhält;
> Das weiß ich, daß die Welt wirklich ist,
> Daß ich begreife, nicht nur, was meine Hand begreift,
> Daß ich denken kann über mich hinaus in Gesetzen,
> Daß ich mich einordnen kann unter den Sternheeren
> In die Heere der Menschen, daß ich ein mich Ändernder bin,
> Ein Veränderer.
>
> In diesem besseren Land.

Wer – wenn auch vielleicht irritiert durch die Verzerrungen in der damals gegenwärtigen Realität – die Prinzipien guthieß, auf die sich die Führung der DDR berief, mochte sich vor allem auf einige Erfahrungen und Vorgänge stützen. Die Tradition des entschiedenen Antifaschismus beeindruckte, auf die die Offiziellen der DDR verweisen konnten. Ferner schien es plausibel, eine andere, bessere Wirtschafts- und Gesellschaftsordnung anzustreben als die kapitalistisch organisierte. Was Bertolt Brecht nicht müde wurde zu behaupten und zu illustrieren, leuchtete vielen ein: »daß die

Wurzel aller Übel unsere Eigentumsverhältnisse sind. Diese Lehre, einfach wie alle großen Lehren, hat jene Menschenmassen ergriffen, welche am meisten unter den bestehenden Eigentumsverhältnissen und den barbarischen Methoden, mit denen sie verteidigt werden, leiden« (so in seiner Rede auf dem I. Internationalen Schriftstellerkongreß zur Verteidigung der Kultur 1935 in Paris). Nicht wenig imponierte auch, daß bedeutende Persönlichkeiten aus dem Exil in den östlichen Teil Deutschlands zurückkehrten, nicht aber in die Bundesrepublik, die ohnehin keine ernsthaften Anstrengungen unternahm, die vom Nationalsozialismus Vertriebenen oder vor ihm Geflüchteten zur Rücksiedlung zu bewegen. Freilich war immer schon Skepsis angebracht bei überredenden Floskeln, daß alle großen Lehren einfach seien, und der verklärte Blick auf die Sowjetunion mit der verherrlichten Großen Oktoberrevolution von 1917 konnte nicht wahrnehmen, was dort wirklich geschah.

Die Geschichte »einer Deutschen Demokratischen Republik« (wie Hans Mayer mehrfach in seinen Erinnerungen *Der Turm von Babel* formuliert) ist inzwischen eine abgeschlossene historische Periode in der deutschen und europäischen Geschichte, mit komplizierten Entwicklungsverläufen und markanten, oft folgenschweren Ereignissen. All das kann und muß hier nicht nachgezeichnet und erörtert werden. Natürlich blieben die DDR und ihre Politik stets unlöslich verflochten in die Konstellationen der Weltpolitik, und von den ungeheuren Belastungen durch die Reparationsforderungen, die die Sowjetunion der Sowjetischen Besatzungszone (SBZ) und dann dem neuen Verbündeten auferlegte, hat sich der SED-Staat nie wirklich erholen können, schon gar nicht in der Konkurrenz mit der Bundesrepublik, die aufgrund massiver westlicher Starthilfen früh prosperierte und sich dank ihres so offenkundig effektiveren politischen und wirtschaftlichen Systems zu einem potenten Gemeinwesen voller Anziehungskraft für viele entwickeln konnte.

Und beständig klaffte in der DDR der vorhin beschriebene Widerspruch zwischen der verkündeten Idee des Sozialismus und der Wirklichkeit des real existierenden, die mit Parolen und Phrasen zu überglänzen die Politideologen nicht abließen. Einige besonders schwerwiegende Ereignisse waren dazu angetan, den Widerspruch und die daraus resultierenden Spannungen erheblich zu verschärfen. Sie wenigstens müssen erwähnt werden, wenn auf die Vorgeschichte jener deutschen Wende von 1989/1990 zurückgeblickt wird.

Nur durch die Abriegelung der DDR, also durch den Bau der Mauer seit dem 13. August 1961 und die Befestigung der Grenze zwischen den beiden Teilen Deutschlands zu einem unüberwindlichen Hindernis, vermochte die DDR-Führung die nicht abreißende Auswanderung wichtiger Arbeitskräfte samt Familien in den Westen zu stoppen. Die Propaganda, die sich auch der Stimmen einiger Schriftsteller bedienen konnte, behauptete freilich, es handele sich um einen »antifaschistischen Schutzwall«; denn eine imperialistische Aggression aus der Bundesrepublik habe unmittelbar bevorgestanden. Seit dem August 1961 waren damit die Reisemöglichkeiten für die Bevölkerung der DDR drastisch eingeschränkt: Der Westen war nur noch für diejenigen zugänglich, die das Regime einer Reiseerlaubnis für würdig befand. West-Berlin blieb nun verschlossen, und es bedurfte langer, zäher Verhandlungen, um wenigstens einen begrenzten, genau reglementierten Verkehr zuzulassen. Reisefreiheit blieb fortan eine der fundamentalen Forderungen, die die Menschen in der DDR erfüllt sehen wollten. *Elementares Bedürfnis* ist ein Gedicht Heinz Kahlaus überschrieben, das 1981 in einem Gedichtband des Ostberliner Aufbau-Verlags erschien: »Ich will gar nicht/immerfort/woandershin. – // Aber es/können/dürfen.«

Als sich im August 1968 Truppen der Nationalen Volksarmee der DDR im Rahmen der Warschauer-Pakt-Staaten sogar daran beteiligten, den tschechoslowakischen Versuch des Aufbruchs zu einem »Sozialismus mit menschlichem Antlitz« durch militärische Intervention zu vereiteln, verflüchtigten sich auch Hoffnungen auf erwünschte Veränderungen im eigenen Land.

Freilich schien 1971 die Ablösung Walter Ulbrichts durch Erich Honecker trotz allem einige Besserungen mit sich zu bringen. Doch mehr als Ansätze zu freierem Agieren im staatlichen, wirtschaftlichen und kulturellen Bereich ergaben sich nicht. Zwar kam es zu wichtigen, die Beziehungen vertraglich sichernden Vereinbarungen der Bundesrepublik sowohl mit der Sowjetunion als auch der DDR (»Vertrag über die Grundlagen der Beziehungen zwischen der Bundesrepublik Deutschland und der Deutschen Demokratischen Republik« vom 21. Dezember 1972), aber der ideologische Druck auf Künstler und Intellektuelle und alle im Staatsdienst Tätigen ließ nicht nach, wurde im Laufe der Zeit eher verstärkt. 1976 wurde Wolf Biermann ausgebürgert. Proteste vermochten nichts zu bewirken. Manche sahen nur noch den Ausweg, das Land – mit oder ohne Genehmigung – auf Zeit oder auf Dauer zu verlassen. Von einem Deutschland ins andere ins Exil oder in die neue Heimat. Auch wer in der DDR blieb, konnte in seinem Denken, Schreiben und Tun nicht absehen von dem, was vorgegangen war, mußte es zu verarbeiten suchen, – so oder so. Als Wolf Biermann die Rückkehr verweigert wurde, hielt sich Bernd Jentzsch in der Schweiz auf, schrieb einen offenen Brief an Honecker und kam nicht zurück. *Gedächtnis* setzte er damals über sein Gedicht, in dem er in der ersten Zeile Max Herrmann-Neiße zitierte, der 1933 über Zürich nach London ins Exil gegangen war:

Im Fremden ungewollt zuhaus.
Wer schrieb das?
Ich, oder du,
Als du gingst durch Zürichs Hügelgassen.
Du hast es aufgeschrieben,
Wo ich jetzt gehe,
Im Fremden ungewollt zuhaus.

Am 12. März 1985 wurde Michail Gorbatschow Generalsekretär der KPdSU. Damit begann, was so nicht vorauszusehen war, eine Phase der Generalrevision des Kommunismus, wie er bisher – mit Diktatur, Doktrin und Verfolgung Andersdenkender – unerbittlich praktiziert und wodurch die ihm zugrunde liegenden Ideen bis zur Unkenntlichkeit (oder Kenntlichkeit?) entstellt worden waren. Die mancherlei Gruppen, die sich in der DDR seit langem in unterschiedlichen Formierungen mit opponierendem Veränderungswillen gegen die bestehenden Verhältnisse gebildet hatten und weiterhin bildeten, hegten die verständliche Erwartung, daß Perestroika und Glasnost nicht auf die Vormacht Sowjetunion begrenzt blieben, lautete doch der allbekannte Slogan »Von der Sowjetunion lernen heißt siegen lernen«. Indes blieb alle Hoffnung vergebens.

Die zahlreichen Initiativen, die unter dem schützenden Dach der Kirche und auch außerhalb von Opponierenden unternommen wurden, zielten keineswegs auf eine Auflösung der DDR, sondern auf ihre Umgestaltung im Sinn eines demokratischen Sozialismus, mit funktionierender Mehrparteienvielfalt, verfassungsmäßig garantierter Gewaltenteilung und Meinungsfreiheit. Dennoch oder gerade deshalb wurden sie überwacht, bespitzelt und mit Härte verfolgt, wenn sich ein Anlaß bot, den die ›Staatsorgane‹ als öffentliche Provokation einstuften und entsprechend reagierten. Die Spannungen erhöhten sich, als die Manipulationen bei den Kommunalwahlen vom 7. Mai 1989 offenkundig wurden. Da aber hatte sich bereits eine Entwicklung angebahnt, deren Dynamik den geschichtlichen Schub zur Wende beförderte.

3.

Am 23. Mai 1989 feierte die Bundesrepublik ihr 40jähriges Bestehen. Kurz zuvor hatte Ungarn begonnen, seine Sperranlagen an der österreichischen Grenze abzubauen. DDR-Bürger, die das Land verlassen wollten, aber von den Behörden daran gehindert wurden, sahen jetzt eine Gelegenheit, über Ungarn, wohin man reisen konnte, und Österreich entkommen zu können. Es war der Auftakt zur größten Fluchtbewegung aus der DDR seit dem Bau der Mauer im August 1961. Doch wachten immer noch ungarische Grenzer, so daß bis Ende Juli nur etwa 500 Personen der Übertritt nach Österreich glückte. Deshalb Andrang in der Deutschen Botschaft in Budapest, die am 13. August wegen Überfüllung geschlossen wurde. Dann am 19. August bei einem »Paneuropäischen Picknick« an der österreichisch-ungarischen Grenze bei Sopron, als das Tor für eine Delegation geöffnet wurde, das Nachdrängen von mehr als 600 DDR-Bürgern, und die ungarischen Posten unternahmen nichts. Am 4. September eine Demonstration in Leipzig unter dem Motto »Reisefreiheit statt Massenflucht«. Eine Woche später, am 11. September, öffnete Ungarn die Grenze zu Österreich; die ausreisewilligen DDR-Bürger konnten das Land verlassen, mittlerweile rund 7000. Als die DDR-Regierung die Reisemöglichkeiten nach Ungarn beschränkte, drängten Tausende in die Botschaften der Bundesrepublik in Prag und Warschau. Die Bilder gingen um die Welt. Nach schwierigen Verhandlungen wurde die Ausreise ermöglicht. Aber die östliche Seite beharrte darauf, daß die Sonderzüge der Reichsbahn durch die DDR führen, damit eine »Ausweisung« der Ausreisewilligen vorliege. Schwere Unruhen am Bahnhof in Dresden am 4. Oktober, als über 3000 Menschen die Durchfahrt der Züge aus Prag erwarteten, vielleicht um selbst aufzuspringen. Und unmittelbar standen die Feiern zum 40jährigen Bestehen einer Deutschen Demokratischen Republik bervor.

In dieser gärenden Zeit, im September und Anfang Oktober, formierten sich Oppositionelle öfffentlich in Gruppierungen, die alle eine »Umgestaltung unserer Gesellschaft« herbeiführen wollten: »Neues Forum«, »Demokratie Jetzt«, »Demokratischer Aufbruch«; und als förmliche Partei wurde die »Sozialdemokratische Partei« gegründet. Die Zulassung als Vereinigung, vom »Neuen Forum« unter Berufung auf Art. 29 der DDR-Verfassung beantragt, wurde abgelehnt: die Gruppe sei »staatsfeindlich«. Am 2. Oktober demonstrierten in Leipzig 25 000 Menschen für demokratische Erneuerung und Reformen; die Polizei schritt ein und beendete gewaltsam die Demonstration.

In solchem Klima traf am 6. Oktober der sowjetische Partei- und Staatschef Gorbatschow zu den Jubiläumsfeierlichkeiten in Ost-Berlin ein. Trotz des Pomps und der Rhetorik der Festveranstaltungen am 7. Oktober war nicht zu überhören, daß der Gast aus Moskau Reformen anmahnte, in der Erwartung, »daß die SED mit allen gesellschaftlichen Kräften politische Antworten auf die Fragen findet, die auf die Tagesordnung gesetzt worden sind und die die Bürger bewegen«. Sein beiläufiges Bonmot ist längst zum geflügelten Wort geworden: »Wer zu spät kommt, den bestraft das Leben.« In vielen Städten kam es an diesem 7. Oktober zu Protesten gegen die Führung der DDR, und immer noch schlug die Polizei auf Demonstranten ein und verhaftete.

Der 9. Oktober 1989 wurde dann zu einem gewichtigen, ja historischen Datum auf dem Weg zur ›Wende‹. Wieder einer der Montage, an denen sich in Leipzig nach Friedensgebeten in den Kirchen Demonstrationen bildeten. In der Woche zuvor war die Polizei mit Gewalt eingeschritten. Jetzt hieß es, diesmal würden die bewaffneten Kräfte des Staats rücksichtslos eingreifen. Volksarmee, Volkspolizei, Betriebskampfgruppen standen bereit. Um 17 Uhr gegann in der überfüllten Nikolaikirche das traditionelle Friedensgebet. Eine Stunde später drängten sich Zigtausende in der Grimmaischen Straße und auf dem Karl-Marx-Platz. Rufe: »Demokratie jetzt«, »Gorbi, Gorbi«, »Wir sind keine Rowdies«. Dann setzte sich der Zug, wie von unsichtbarer Hand geleitet, in Bewegung, und es wurden immer mehr, die mitgingen. »Schließt euch an«, ermunterten die Dahinziehenden. Als sie auf dem Platz vor dem Hauptbahnhof ankamen, waren es wohl 70 000 geworden. Und unablässig die skandierten machtvollen Losungen: »Wir sind das Volk, wir sind das Volk«, »Keine Gewalt«, »Freiheit, Gleichheit, Brüderlichkeit«, immer wieder auch »Gorbi, Gorbi«. In friedlichem Aufbegehren zogen die Menschen durch und um die Stadt, und noch war dauernd zu fürchten, daß die kampfbereite Staatsmacht zuschlagen könnte. Doch es geschah nicht, auf wessen Weisung auch immer. Inzwischen hatten sich, auf Initiative Kurt Masurs, des Gewandhaus-Kapellmeisters, Persönlichkeiten zusammengefunden, um Schlimmes verhüten zu helfen: der Theologe Peter Zimmermann von der Ost-CDU, der Kabarettist Lutz Lange von den »Akademixern«, auch die SED-Sekretäre Kurt Meyer, Joachim Pommert und Roland Wötzel. Gegen 16 Uhr formulierten und unterzeichneten sie einen Text, der gegen Gewalt und für den Dialog plädierte:

Unsere gemeinsame Sorge und Verantwortung hat uns heute zusammengeführt. Wir sind von der Entwicklung in unserer Stadt betroffen und suchen nach einer Lösung. Wir alle brauchen einen freien Meinungsaustausch über die Weiterführung des Sozialismus in unserem Land. Deshalb versprechen die genannten Leute allen Bürgern, die ganze Kraft und Autorität dafür einzusetzen, daß dieser Dialog nicht nur im Bezirk Leipzig, sondern auch mit unserer Regierung geführt wird. Wir bitten Sie dringend um Besonnenheit, damit der friedliche Dialog möglich wird.

Dieser Appell wurde in den Kirchen verlesen, und als der Demonstrationszug sich fast schon verlief, war der Text auch aus den Lautsprechern des Leipziger Stadtfunks zu hören.

Es gibt nicht wenige, die meinen, das Ereignis, daß diese große »Wir sind das Volk«-Demonstration vom Staat nicht mit dem Einsatz von Gewalt beantwortet wurde, markiere die ›Wende‹. Mag sein; doch ist über das, was mit dem Wort ›Wende‹ bezeichnet werden kann, später noch nachzudenken. Allerdings: SED-Funktionäre suchten nun mit den bisher kriminalisierten Oppositionsgruppen ins Gespräch zu kommen, und bei der nächsten Leipziger Montagsdemonstration waren es schon 150 000, die die Straßen und Plätze bevölkerten. Eins ist sicher: Daß sich die Staatsmacht mit dem Einsatz von Gewalt gegen opponierende Bürger zurückhielt, ist mit darauf zurückzuführen, daß sie nicht mehr wie früher mit der Hilfe sowjetrussischer Truppen und Panzer rechnen konnte.

Nun überstürzten sich fast die Ereignisse. Am 18. Oktober kam das Zentralkomitee der SED zu einer Sondersitzung zusammen: Partei- und Staatschef Honecker trat zurück, andere (wie Günter Mittag und Joachim Hermann) schieden aus dem Politbüro aus und verloren ihre Funktionen als Sekretäre des ZK für Wirtschaft bzw. für Agitation und Propaganda. Neuer Generalsekretär der SED wurde Egon Krenz, der in einer Rede erklärte, die SED habe eine »Wende« eingeleitet, sie sei zu einem ernsthaften Dialog bereit. Indes erwies es sich in den folgenden Wochen, daß für die SED längst alles zu spät war. Der von Krenz beklagte Vertrauensverlust bei der Bevölkerung war nicht mehr auszugleichen.

Am 24. Oktober stand die Wahl von Egon Krenz zum Staatsratsvorsitzenden auf der Tagesordnung der Ostberliner Volkskammer. Am Vorabend, wiederum einem Montag, demonstrierten Hunderttausende in Leipzig, aber auch in anderen Städten, forderten freie Wahlen und wandten sich gegen eine neue Machtkonzentration, die sie trotz des Krenzschen Worts von der Wende befürchteten. Zwar beschloß der Staatsrat am 27. Oktober eine Amnestie für Personen, die geflüchtet oder »die Ausreise widerrechtlich durchzusetzen« versucht hatten, und die Entlassung der wegen »Republikflucht« Verurteilten bis zum 30. November. Aber erneut sammelten sich am folgenden Montag, 30. Oktober, Massen von Demonstranten in Leipzig, Halle, Schwerin, Magdeburg und anderswo, forderten »Reformer an die Macht« und die Zulassung des »Neuen Forums«. In Moskau versicherte derweil Egon Krenz, immer noch in der ausgelaugten Formelsprache der vergangenen Jahrzehnte, die »Politik des neuen Denkens und der Perestroika« sei eine »Quelle ständiger Anregungen für die Beschleunigung des gesellschaftlichen Fortschritts«. Die Wiedervereinigung allerdings sei für ihn kein Thema.

Am 2. November verloren beim anhaltenden Versuch einer ›Selbstreinigung‹ der SED weitere prominente DDR-Politiker ihre Ämter, auf eigenen Wunsch, wie es hieß, »um jüngeren Kräften Platz zu machen«. Egon Krenz teilte dies am 3. November in einer Grundsatzrede mit, die über Fernsehen und Rundfunk übertragen wurde und tags darauf in vollem Wortlaut auf der ersten Seite des *Neuen Deutschland*, des »Organs des Zentralkomitees der Sozialistischen Einheitspartei Deutschlands« (so der Untertitel), gedruckt war. Gleich zu Anfang hieß es: »Die politische Wende, die wir eingeleitet haben, erfaßt inzwischen alle Bereiche unserer Gesellschaft. Vor allem sind davon Millionen Menschen berührt und bewegt. Es geht ihnen – es geht uns allen – um die Erneuerung des gesellschaftlichen Lebens mit dem Ziel, den Sozialismus für jeden Bürger unseres Landes lebenswerter zu gestalten.« Unter dem Motto »Mehr Demokratie für mehr und besseren Sozialismus« solle der unerläßliche Dialog geführt werden. Das SED-Politbüro habe Grundzüge eines Aktionsprogramms beschlossen, das eine durchgreifende Erneuerung zum Ziel habe und vorsehe: einen Verfassungsgerichtshof und ein Verwaltungsgericht zu errichten, einen zivilen Wehrersatzdienst einzuführen, die Wirtschafts- und Bildungspolitik zu reformieren. »Jeder Vorschlag, jede Idee, die das humanistische Wesen des Sozialismus vervollkommnet, ist gefragt und wird gehört.« An die Bürger, die sich mit dem Gedanken der Ausreise trügen, erging die dringliche Bitte: »Vertrauen Sie unserer Politik der Erneuerung! Ihr Platz, liebe Mitbürger, ist hier. Wir brauchen Sie.« Das waren in der Tat ganz neue Töne, aber wer mochte ihnen von heute auf morgen trauen? Es waren nur erst formelhafte Bekenntnisse, und an denen hatte es auch in den vierzig Jahren vorher nie gemangelt. Allüberall freilich, auf Kongressen, in Reden und Journalen wurde das Wort von der ›Wende‹ gebraucht, und bald war auch von allzu flinken »Wendehälsen« die Rede.

Am Samstag, 4. November, kam es zu einer Kundgebung gewaltigen Ausmaßes. Es mögen 500 000 oder 1 Million Menschen gewesen sein, die sich zunächst an einem (genehmigten) Demonstrationszug durch die Ostberliner Innenstadt beteiligten, um sich dann zu einem mehrstündigen Treffen auf dem Alexanderplatz zu versammeln. Künstlerorganisationen der DDR hatten dazu aufgerufen. Vornehmlich ging es um Presse-, Meinungs- und Versammlungsfreiheit und um freie Wahlen. Doch der Gesamtzustand der

DDR stand zur Diskussion. Auf Transparenten spielten gleichermaßen Witz und Aggressivität: »Demokratie krenzenlos«, »Das Volk sind wir, gehen solltet ihr«, »Trittbrettfahrer zurücktreten«, »Jedem seinen Paß, der Führung den Laufpaß« und »Stell dir vor, es ist Sozialismus, und keiner geht weg«. Das traf wohl den Kern der Wünsche der meisten, die sich eingefunden hatten. Sie hatten eine tiefgreifende Reform der DDR als eines sozialistischen Staats im Sinn, nicht etwa seine Abschaffung. 26 Redner meldeten sich zu Wort, bekannte Namen darunter: Stefan Heym, Christa Wolf, Jens Reich, Friedrich Schorlemmer, Gregor Gysi. Stefan Heym erklärte: »Wir haben in den letzten Wochen unsere Sprachlosigkeit überwunden und sind dabei, den aufrechten Gang zu erlernen.« Schorlemmer mahnte »Toleranz und kritische Solidarität miteinander« an. Christa Wolf beschwor den neuen Anfang; statt von einer Wende würde sie lieber von einer »revolutionären Erneuerung« in der DDR sprechen. Als Günter Schabowski vom ZK der SED die »Unumkehrbarkeit« der Wende berief, gab es Pfiffe, – Ausdruck des nicht vorhandenen Vertrauens.

Am 6. November war in der Presse der Entwurf eines neuen Reisegesetzes zu lesen, der aber schon am darauffolgenden Tag vom zuständigen Ausschuß der Volkskammer als unzureichend abgelehnt wurde. Tag für Tag geschahen nun Veränderungen, alle in den Bahnen dafür vorgesehener Prozeduren: Demission der Regierung unter Willi Stoph; geschlossener Rücktritt des Politbüros der SED (8.11.); formelle Bestätigung des »Neuen Forums« als Vereinigung; Rücktritt des Vorsitzenden der DDR-CDU, Gerald Götting, Wahl Lothar de Maizières zum Nachfolger (10.11); in der Volkskammer Wahl des neuen Mitglieds im SED-Politbüro Hans Modrow zum Ministerpräsidenten (13.11.).

Das Ereignis jedoch, das in jenen Tagen am spektakulärsten war und das meiste Aufsehen erregte, war keineswegs sorgfältig geplant oder auch nur schon für diesen Termin vorgesehen: die Öffnung der Grenzübergänge zur Bundesrepublik Deutschland und nach West-Berlin am Abend des 9. November. Auf einer Pressekonferenz am Rande der Tagung des Zentralkomitees der SED (8.-10.11.) gab Günter Schabowski, sich auf Beschlüsse des Ministerrats berufend und von einem Zettel etwas ablesend, Auskünfte zum brennenden Problem der Reisefreiheit, die erst durch Nachfragen sozusagen festgeklopft wurden und die die Menschen draußen so verstanden, als seien die Übergänge ab sofort geöffnet. Viele machten sich sogleich auf, und die Grenzwachen, zögernd erst und selbst nicht hinreichend informiert, ließen geschehen, wovon seit 1961 nur zu träumen gewagt werden konnte. Die Nachricht platzte in eine Sitzung des Bundestags in Bonn. Von 20.22 Uhr bis 20.46 Uhr wurde die Tagung unterbrochen; dann gab (Bundeskanzler Kohl befand sich in Warschau) der Chef des Kanzleramts, Rudolf Seiters, eine Erklärung im Namen der Regierung ab und betonte dabei schon damals: »Die Chancen und Perspektiven, die sich hier auf friedliche Weise eröffnen, erfordern ein ganz hohes Maß an Solidarität, die jetzt in der Bundesrepublik in einer außergewöhnlichen Weise gefragt ist und von der ich überzeugt bin, daß sie auch praktiziert wird.« Wolfgang Mischnick (FDP) akzentuierte: »Freie Wahlen bleiben das Ziel.« Sie würden die Menschen in der DDR bewegen, das Land nicht zu verlassen. »Alle diejenigen, die jetzt noch schwanken, bitte ich herzlich: Bleibt daheim!« Als er dies unter dem Beifall aller Fraktionen gesagt hatte, stimmte die große Mehrheit der Abgeordneten spontan die ›Nationalhymne‹ an: »Einigkeit und Recht und Freiheit für das deutsche Vaterland ...«

Der Abend und die Nacht vom 9. auf den 10. November 1989 wurden Stunden unbeschreiblichen Jubels und spontanen Zueinanderfindens von Ost- und Westberlinern.

»Wahnsinn« war das am meisten herausgerufene Wort auf überfüllten Straßen und Plätzen. Überall, wo in den folgenden Tagen und Wochen Menschen aus Ost und West, die neue und ungewohnte Freiheit des Reisens in Deutschland nutzend, zusammenkamen, äußerten sich – bisweilen überschwenglich – Erleichterung, Freude, gegenseitiges Verstehenwollen nach den Jahrzehnten der Trennung. Nüchterne Beobachter wie eingefleischte Skeptiker freilich warnten: daß die Öffnung der Grenze noch nichts von den Problemen gelöst habe, die nicht allein der desolaten Lage der DDR zuzuschreiben waren, sondern auch der gänzlichen Verschiedenheit der Entwicklung in den beiden Teilen Deutschlands seit 1945/1949.

Am 13. November wurden die Sperrzonen entlang der innerdeutschen Grenze und in den Gewässern der Ostsee aufgehoben, und am 27. November begann der Abbau der Zäune an den ›Todesstreifen‹ im Grenzbereich. Inzwischen entwickelte die alte – noch nicht aus freien Wahlen hervorgegangene – Volkskammer mannigfache Aktivitäten. Ein neuer Ministerrat wurde bestätigt (18.11.), und am 1. Dezember strichen die Abgeordneten den in der Verfassung festgeschriebenen Führungsanspruch der SED. Jetzt lautete der Art. 1: »Die Deutsche Demokratische Republik ist ein sozialistischer Staat der Arbeiter und Bauern. Sie ist die politische Organisation der Werktätigen in Stadt und Land.« Eine Änderung, gewiß; aber merkwürdig genug war die Formulierung immer noch, nachdem der »sozialistische Staat der Arbeiter und Bauern« im real existiert habenden Sozialismus nur ein Zerrbild hehrer Ideen geboten hatte.

Es hat einige Male gravierende Änderungen der Verfassung der DDR gegeben, die sich auf das Selbstverständnis jenes Staatsgebildes bezogen und ihren Grund in der sich wandelnden Auffassung der ›nationalen‹, der ›deutschen Frage‹ hatten. Im Grundgesetz der Bundesrepublik, das ebenfalls mehrfach geändert und ergänzt wurde, blieb die »Präambel« unangetastet, in der es seit dem 23. Mai 1949 hieß: »Das gesamte Deutsche Volk bleibt aufgefordert, in freier Selbstbestimmung die Einheit und Freiheit Deutschlands zu vollenden.« Betonte diese »Präambel«, daß sich »das Deutsche Volk« (in den Ländern des westlichen Teils), »von dem Willen beseelt, seine nationale und staatliche Einheit zu wahren«, das Grundgesetz gegeben habe, so war zwar in der ›Präambel‹ der DDR-Verfassung vom 7. Oktober 1949 von der Einheit nicht die Rede, aber Art. 1 formulierte: »Deutschland ist eine unteilbare demokratische Republik; sie baut sich auf den deutschen Ländern auf.« Als am 7. November 1949 in der Ostberliner Staatsoper die neue DDR-Hymne mit dem Text von Johannes R. Becher uraufgeführt wurde, durfte und sollte die Formel »Deutschland, einig Vaterland« bekenntnishaft gesungen werden: »Auferstanden aus Ruinen und der Zukunft zugewandt, laß uns Dir zum Guten dienen, Deutschland, einig Vaterland.« Seit Anfang der 70er Jahre jedoch war nur noch die Melodie zu hören, nicht aber die appellativen Worte »Deutschland, einig Vaterland«. 1968, als der Kontrast zwischen dem kodifizierten Verfassungsrecht und der vom Marxismus-Leninismus samt SED-Parteidoktrin geprägten Wirklichkeit offenkundig war, gaben die dort zuständigen Gremien der DDR eine neue »sozialistische Verfassung«. Sie beanspruchte in der Präambel die »Verantwortung, der ganzen deutschen Nation den Weg in eine Zukunft des Friedens und des Sozialismus zu weisen«. Jetzt wurde der Führungsanspruch der SED verfassungsrechtlich untermauert: die »Führung der Arbeiterklasse und ihrer marxistisch-leninistischen Partei« (Art. 1). Wie fundamental bedeutungsvoll für den Wendeprozeß 1989/1990 die Annullierung des in Verfassungsrang erhobenen Führungsanspruchs der SED war, läßt sich erst ermessen, wenn dessen Begründung beachtet wird: die Arbeiterklasse mache die Mehrheit des Volkes aus, und also müsse deren Partei die Führungsrolle innehaben; die Arbeiterklasse aber sei durch ihren Platz im Geschichtsablauf legitimiert, denn sie sei die fortschrittlichste; und nur der Marxismus-Leninismus verfüge über eine wissenschaftliche Erkenntnis der Gesetzmäßigkeiten der Geschichte, deren Gang zum Sozialismus-Kommunismus führe. All dies war bereits in der Entschließung der 1. Parteikonferenz der SED vom 28.1.1949 festgelegt worden, als »die Kennzeichen einer Partei neuen Typus« beschrieben wurden. Solcher Zielvorgabe ordneten sich die anderen Parteien in der DDR unter, die im Demokratischen Block zusammengeschlossen waren und Bevölkerungsgruppen vertreten sollten, die als Minderheiten galten. So war die Änderung des Art. 1 der DDR-Verfassung am 1. Dezember 1989 unerläßlich, wenn wirklicher Pluralismus installiert, freies Denken ermöglicht und von der amtierenden Volkskammer ein Schritt zur Selbstrevision und Selbstaufklärung getan werden sollten.

In der DDR-Verfassung von 1968 war noch der Begriff der »ganzen deutschen Nation« anwesend; 1974 hieß es dagegen: »... hat sich das Volk der Deutschen Demokratischen Republik diese sozialistische Verfassung gegeben.« Die Dispute über die ›deutsche Einheit‹, die ›Wiedervereinigung‹, die ›Zweistaatlichkeit‹, die Auseinandersetzungen über die Anerkennung der DDR, der Kampf der dortigen Führung um die Legitimierung ihres Staats als eines vollgültigen Völkerrechtssubjekts begleiteten die Politik seit dem Ende des Krieges bis ins Jahr 1990 und sind seitdem historische Vergangenheit. Manches Scheingefecht wurde ausgetragen, manche Illusion gepflegt, manche Hoffnung wurde genährt – hüben wie drüben – und mußte verkümmern. Der »Tag der deutschen Einheit« in der BRD, der 17. Juni im Gedenken an das von russischen Panzern niedergewalzte Aufbegehren in der DDR des Jahres 1953, das »weit eher an einen aggressiven Generalstreik als an eine politische Revolution« erinnerte (Hans Mayer), – er war zum Freizeitvergnügen geworden, zu nichts sonst, weil die praktizierte Politik zu der in floskelhafte Bekenntnisse geronnenen Rede von der deutschen Einheit und der Wiedervereinigung kaum etwas beizutragen schien und weil (dies vor allem) die Idee der deutschen Einheit den nachwachsenden jüngeren Generationen nicht mit einem ebenso plausiblen wie beeindruckend-bedeutungsvollen Gehalt gefüllt und nahegebracht werden konnte. Aus der Rückschau, die nun möglich geworden ist, wird manches neu zu beleuchten, zu diskutieren, zu differenzieren sein. Unmöglich, hier auch nur die Grundlinien des Themas ›deutsche Einheit‹ nachzuzeichnen, das zudem immer im Kontext der Schübe und Schwankungen der Weltpolitik seit 1945 zu betrachten und zu bewerten ist. Später wird noch auf einige Facetten des heiklen Komplexes ›Einheit‹ einzugehen sein.

Jedenfalls ist die ›deutsche Einheit‹, als Möglichkeit und als Forderung, von den elementaren Entwicklungen seit dem Herbst 1989 aus intellektuellen Erörterungen und Erregungen auf die Tagesordnung realer Politik gehoben worden. Es waren dann die demonstrierenden Massen, die für Geschwindigkeit auf dem Weg zur Einheit sorgten, nicht zunächst die leitenden Politiker in den beiden Staaten, die nun persönliche Kontakte aufnahmen und ohne größere Schwierigkeiten die Freizügigkeit im Hin und Her zwischen Deutschland-Ost und Deutschland-West zu regeln vermochten. Wieder fanden sich Hundert- und Zigtausende am Montag, 20. November, auf den Straßen in Leipzig, Dresden und anderen Städten ein. Da wurde (zum ersten Mal?) nach der Wiedervereinigung gerufen, und die Worte aus der Becherschen Hymne »Deutschland, einig Vaterland« bekamen neuen Klang. Das wiederholte sich am 4. Dezember, als gegen Korruption und Amtsmißbrauch der alten SED-Regierung protestiert wurde und sich die Wut über den Spitzelapparat des MfS (Ministerium für Staatssicherheit) überall schon Luft verschafft hatte.

DDR-Ministerpräsident Hans Modrow visierte eine »Vertragsgemeinschaft« zwischen DDR und BRD an, während Bundeskanzler Helmut Kohl im Bonner Bundestag am 28. November überraschend mit einem Zehnpunkteplan zur deutschen »Konföderation« aufwartete, ohne das Ziel der Einheit aus dem Blick zu verlieren: »Der Weg zur deutschen Einheit, das wissen wir alle, ist nicht vom grünen Tisch oder mit einem Terminkalender in der Hand zu planen. [...] Aber wir können, wenn wir nur wollen, schon heute jene Etappen vorbereiten, die zu diesem Ziel hinführen.« Es ging dann alles bekanntlich viel schneller. Am 3. Dezember trat das Politbüro der SED samt Egon Krenz zurück, der am 6. Dezember auch als Staatsratsvorsitzender demissionierte. Die Modrow-Regierung und Vertreter der Parteien und Oppositionsgruppen nahmen gemeinsame Beratungen am »Runden Tisch« auf und verständigten sich darauf, im Frühjahr 1990 erstmals freie Wahlen durchzuführen. Der Termin wurde später dann auf den 18. März vorgezogen.

Immer noch aber waren Regierung, einzelne Zirkel und auch frühere Regimegegner darum bemüht, die Existenz der DDR für die Zukunft zu sichern, einer gründlich erneuerten DDR natürlich. Am 28. November wandten sich (so das *Neue Deutschland* am 29. 11. auf der ersten Seite) »namhafte Persönlichkeiten aus Politik, Wissenschaft, Kunst und Kultur, Wirtschaft, aus kirchlichen Kreisen und verschiedenen demokratischen Gruppierungen an die Bevölkerung unseres Landes«, und zwar mit einem Aufruf »Für unser Land«. Christa Wolf hatte die Endfassung redigiert. Die Unterzeichner warben für die Chance, »in gleichberechtigter Nachbarschaft zu allen Staaten Europas eine sozialistische Alternative zur Bundesrepublik zu entwickeln«. Nach wie vor träumte Stefan Heym, der den Appell verlas, davon, »wirklich Sozialismus aufzubauen«, und meinte in polemischer Überzeichnung vor einem kapitalistischen Großdeutschland warnen zu müssen. Heute fragt es sich, ob den Unterzeichnern des damaligen Aufrufs, der erwartungsgemäß im Westen heftig kritisiert wurde, der tatsächliche ökonomische Zustand der DDR unbekannt war, der zu irgendwelchen ›sozialistischen‹ Arrangements gar keine Möglichkeit bot. Ohnehin sinniert der Beobachter (mag er auch nur gelegentlich die DDR aufgesucht haben), ob denn Verantwortliche und große Teile der Bevölkerung den Verfall von Bauten und Industrieanlagen und die grandiose Zerstörung der Umwelt, wie sie seit vielen Jahren zu besichtigen waren, nicht wahrgenommen haben. Unentwegt aber die glorifizierenden Parolen in den öffentlichen Medien. Es war nun pure Illusion, der ›falsche Sozialismus‹ könne durch einen ›richtigen Sozialismus‹ abgelöst werden, für den nicht mehr vorhanden war als gutgemeinte Theorie. Arno Widmann ging innerhalb einer kritischen Analyse von Denkmustern intellektueller Linker in der *taz* vom 7. April 1990 noch einmal auf den Aufruf »Für unser Land« ein und hielt dessen Verfassern eine geradezu »kriminelle Überheblichkeit« vor, die es wage, »die Erfahrungen von siebzig Jahren ›Sozialismus‹ einfach wegzuwischen und zu sagen, wir machen es jetzt aber richtig«. Auch den Appell an die humanistischen Ideale, von denen man einst ausgegangen sei, brandmarkte Widmann als eine »faustdicke Lüge«; denn: »Die DDR ist ein Produkt der nach zig Säuberungen ausgefilterten stalinistischen Clique um Ulbricht, die die KZs der Nazis nicht eine Woche ruhen ließ.«

Christa Wolf hatte sich übrigens schon am 8. November mit einer Erklärung von Künstlern und Bürgerinitiativen an ausreisewillige Bürger der DDR gewandt und sie zum Bleiben ermuntert: »Helfen Sie uns, eine wahrhaft demokratische Gesellschaft zu gestalten, die auch die Vision eines demokratischen Sozialismus bewahrt. Kein Traum, wenn Sie mit uns verhindern, daß er wieder im Keim erstickt wird.« Es ist leicht und preiswert, über das Festhalten an einem solchen »Traum« zu spotten und frühe Verstrickungen oder Bekenntnisse der Autorin gegen sie ins Feld zu führen, um ihre Glaubwürdigkeit zu erschüttern. Andererseits: wie wirkungsvoll hätte es beispielsweise sein können, wenn ihr Platz bei der Hommage für den verstorbenen Heinrich Böll am 27. September 1985 im Kölner Gürzenich freigeblieben wäre, sie also demonstrativ einmal auf ihre Reisemöglichkeiten verzichtet und statt dessen ein Telegramm hätte verlesen lassen des Inhalts: daß sie sich angesichts des Reiseverbots für manche ihrer Kolleginnen und Kollegen nicht entschließen könne, an den Rhein zu reisen, und deshalb nur aus der Ferne des verehrten Toten gedenken möchte ...

Bei dem Räsonieren über den tatsächlichen Zustand der DDR damals, einem Räsonieren aus dem Nachhinein, ist sogleich anzufügen, daß auch – wie nicht mehr bestritten werden kann – maßgebliche Politiker der BRD die wirkliche Lage von Industrie und Wirtschaft in der DDR nicht zutreffend zu diagnostizieren wußten. Es ist wohl bis heute ein Rätsel geblieben, warum (trotz der geheimdienstlichen Aktivitäten?!) die Verrottung weiter Bereiche der Produktion und die desolate Verfassung der Infrastruktur nicht oder nur unzulänglich bekannt waren. Vermochten der Glanz der Leipziger Messen und fragwürdige Statistiken soviel Täuschung zu verbreiten? Erst später, als die Euphorien des deutschen Herbstes 1989 verflogen waren, wurde sichtbar, wie hoch sich die Probleme türmten und immer noch türmen, die sich mit der Vereinigung der beiden deutschen Staaten ergeben haben.

Vorerst ging es rasch weiter auf dem Weg der Veränderungen und dann zum Beitritt der DDR zum Geltungsbereich des Grundgesetzes der BRD. Die SED, der die Mitglieder wegliefen, wandelte sich zur PDS (Partei des demokratischen Sozialismus). Vom 18. Dezember 1989 an verzichtete das Parteiorgan *Neues Deutschland* in seinem Titel auf die Zusätze »Proletarier aller Länder, vereinigt euch!« und »Organ des ZK der SED« und formierte fortan mit der Unterschrift »Sozialistische Tageszeitung«. Ein symbolischer Akt, von vielen bejubelt, war am 22. Dezember die Öffnung des Brandenburger Tors, das 28 Jahre lang Sinnbild der deutschen Teilung gewesen war und im Westen auf zahlreichen Emblemen als Mahnbild gedient hatte. Hans Modrow betonte bei der Zeremonie noch: »Nehmen Sie die Öffnung des Tores als ein Zeichen der sich erneuernden DDR«, aber auf Plakaten stand auch: »Berlin ist eine Stadt, Deutschland eine Nation«, »Ein Land, ein Weg, ein Staat«, und wieder wurden – wie drei Tage zuvor beim Besuch von Bundeskanzler Kohl in Dresden – »Deutschland, Deutschland«-Rufe laut. Walter Momper, Berlins Regierender Bürgermeister, schloß seine Ansprache mit dem Ausruf: »Berlin, nun freue dich!«

In der Silvesternacht 1989/1990 strömte fast eine halbe Million Menschen freudetrunken zum Brandenburger Tor, zum Pariser Platz, Unter die Linden und auf die Straße des 17. Juni. Um 1.35 Uhr ein schlimmer Unfall, den die meisten gar nicht wahrnahmen: Eine große Videoleinwand, auf die junge Leute geklettert waren, brach zusammen; ein Student aus Charlottenburg fand den Tod. Nun hatte die ›friedliche Revolution‹, wie sie gern genannt wurde, ein Opfer gefunden, freilich nicht in gewalttätigen Unruhen, die gemeinhin mit der Vorstellung von einer ›Revolution‹ verbunden werden. Anlaß genug jedoch, daß die zusammenstürzende provisorische Metallkonstruktion in einigen Presseartikeln als ein böses Omen genommen wurde.

Lauter und lauter wurden in der Öffentlichkeit die Rufe

nach der deutschen Einheit. Jetzt hieß es nicht mehr »Wir sind das Volk«, sondern »Wir sind ein Volk«; nicht mehr nur »Freiheit« wurde gefordert, sondern »Einheit«. Was die meisten derer, die im Herbst die Bewegung des Volks inspiriert und vorangetrieben hatten, wollten: eine von Grund auf reformierte Deutsche Demokratische Republik, das verlor seine Anziehungskraft. Zudem war die Abwanderung in die Bundesrepublik nach wie vor verlockend. Auch zu Anfang des neuen Jahres war die Zahl der Übersiedler hoch; 2000 ließen sich Tag für Tag registrieren. Bald dann auch der Slogan: »Kommt die D-Mark, bleiben wir. Kommt sie nicht, gehn wir zu ihr!«

Meldungen über die katastrophale Lage häuften sich und verfehlten nicht ihre Wirkung auf die Bürger der DDR. Nichts schien eine Besserung und Gesamtlösung der sich mehr und mehr in den Vordergrund drängenden ökonomischen Schwierigkeiten eher zu gewährleisten als ein möglichst schneller Zusammenschluß, eine rasche Wirtschafts- und Währungsunion. Zunächst bildete Ministerpräsident Modrow Anfang Februar 1990 eine »Regierung der nationalen Verantwortung«, in der 13 Parteien und politische Gruppierungen vertreten waren. Im Januar hatte er in einer Regierungserklärung dazu aufgerufen, die historische Chance der demokratischen Umgestaltung der DDR nicht zu verspielen. Währenddessen lief der Wahlkampf für die Volkskammerwahl am 18. März an, die nach einem speziellen Wahlgesetz abgewickelt wurde, das auf die Besonderheiten in der DDR Rücksicht nahm (beispielsweise keine 5%-Sperrklausel). Wahlkämpferische Äußerungen mancher Politiker der Bonner Regierungskoalition (besonders des Bundeskanzlers Kohl) mußten glauben machen, als würde sich recht bald, wenn auch unter Schwierigkeiten, der Lebensstandard in den beiden Teilen Deutschlands angleichen lassen. Die oppositionelle SPD hingegen benannte zwar schonungslos die komplizierten Probleme in ihren zu erwartenden Dimensionen, erweckte aber bei den Wählern offensichtlich den Anschein, als bliebe sie in einer gewissen Distanz zum gewünschten schnellen Prozeß der Vereinigung. Spott über den Wunsch von DDR-Bürgern, nun auch endlich in den Genuß jener materiellen Güter zu kommen, die auf dem westlichen Markt angeboten werden, war gewiß fehl am Platz. Hellmuth Karasek kommentierte im *Spiegel*: »Menschen, die heute die Einheit um der Bananen willen herbeiführen wollen, sollte man nicht schmähen, sondern preisen: Sie sind keine Nationalisten, sondern gesunde Egoisten.«

Das Ergebnis der freien Wahlen überraschte viele durch seine Eindeutigkeit. Die konservative »Allianz für Deutschland«, in der sich die CDU, der DA (Demokratischer Aufbruch) und die DSU (Deutsche Soziale Union) zusammengefunden hatten, erhielt nicht weniger als 48,15 % der abgegebenen Stimmen, während die SPD nur 21,84 % für sich verbuchen konnte. Das war ein klares Votum für die zügige Einführung der Marktwirtschaft und für die deutsche Einheit. So wurde es jedenfalls fast einhellig interpretiert.

Am 12. April 1990 wählte die zum ersten Mal aus freien Wahlen hervorgegangene Volkskammer Lothar de Maizière (CDU) zum Ministerpräsidenten, der eine große Koalition aus CDU, DSU, DA, SPD und Liberalen bildete (aus der die SPD am 20. August ausschied). Erst mit diesem Akt war eine wirkliche Wende vollzogen: Jetzt amtierten ein demokratisch legitimiertes Parlament und eine gewählte Regierung. Schritt für Schritt wurden nun in gesetzgeberischer Arbeit wichtige Teile des Rechts- und Sozialsystems der Bundesrepublik übernommen, wobei der Zustimmung der Volkskammer zum Staatsvertrag zur Währungs-, Wirtschafts- und Sozialunion am 21. Juni besondere Bedeutung zukam: Ab 1. Juli 1990 galt auch in der DDR nur noch die D-Mark als Zahlungsmittel. Löhne, Gehälter, Renten, Mieten wurden im Verhältnis 1 : 1 angeglichen, ebenso Guthaben bis zu einer bestimmten Höhe, je nach Alter der Besitzer verschieden. Alles andere wurde zumeist 2 : 1 umgestellt.

Die Umwandlung einer zentralistisch dirigierten Staatswirtschaft zu einer weithin von privaten Initiativen getragenen Marktwirtschaft (die es so ›rein‹ allerdings in der BRD weder gab noch gibt) brachte und bringt die erwarteten Komplikationen und existenzversehrenden Härten mit sich, wenn man an das Lebensschicksal jedes einzelnen Betroffenen denkt, der seinen Arbeitsplatz verliert. Wer sich literarisch äußert, kann von solchen Bedrückungen und Verletzungen nicht absehen. In dem zu durchlebenden Notstand vermag dann auch die so berechtigte Mahnung eines Martin Walser nur schwer zu helfen, die er im Sommer 1992 in einem Gespräch äußerte: »Man darf in keiner Sekunde vergessen, daß alles, was jetzt ist, mag es auch noch so problematisch sein, besser ist als das, was war. In der aktuellen Misere kann nicht verschwinden, was jetzt alles Perspektive hat« (*Kölner Stadt-Anzeiger*, 11./12.7.1992). Schon am 1. März 1990 hatte noch die Regierung Modrow die Treuhandanstalt gegründet, die die Aufgabe erhielt, die 8000 volkseigenen Betriebe zu privatisieren, aus ihnen »marktfähige Unternehmen« zu machen oder auch stillzulegen, und just am 17. Juni verabschiedete die Volkskammer das Treuhandgesetz, ein Gesetz zur Reorganisation und Privatisierung des ›volkseigenen Vermögens‹. Die Schwierigkeiten, mit denen die Treuhandanstalt immer noch und wohl auch weiterhin zu kämpfen hat, sind in aller Munde. Ob stets die erforderliche Sachkenntnis am Werk ist, die das Urteil der vielen Beobachter und Kritiker fundieren müßte, steht dahin.

Ohne die Zustimmung der vier Großmächte, die am 2. August 1945 das Potsdamer Abkommen unterzeichnet hatten, und ohne die Billigung auch der Anrainerländer wäre eine Vereinigung der beiden deutschen Staaten, die infolge des ›Kalten Krieges‹ entstanden waren, nicht möglich gewesen. Eine fieberhafte und in vielen Phasen meisterhafte diplomatische Tätigkeit erstreckte sich durch das Jahr 1990. In sogenannten 2 + 4-Verhandlungen (der beiden deutschen Außenminister und ihrer Kollegen aus den USA, der Sowjetunion, Englands und Frankreichs) konnte alles geklärt werden, auch die schwierige Frage der Bündniszugehörigkeit Gesamtdeutschlands, so daß die Verhandlungen am 12. September 1990 erfolgreich abgeschlossen wurden. Selbstverständlich war es unerläßlich, daß die bestehende Westgrenze Polens (nach einem für viele befremdlichen Zögern Bonns) anerkannt wurde. Zweifellos war entscheidend, daß die Sowjetunion den Weg zur deutschen Einheit freigab. Hatte Michail Gorbatschow noch zwei Jahre vorher bekräftigt, es gebe zwei deutsche Staaten; was indes in hundert Jahren sein werde, entscheide die Geschichte, so konnte Bundeskanzler Kohl am Abend des 10. Februar 1990 in Moskau der internationalen Presse mitteilen: »Ich habe heute abend an alle Deutschen eine einzige Botschaft zu übermitteln. Generalsekretär Gorbatschow und ich stimmen darin überein, daß es das alleinige Recht des deutschen Volkes ist, die Entscheidung zu treffen, ob es in einem Staat zusammenleben will.« Mitte Juli fanden nochmals Gespräche zwischen deutschen und sowjetischen Delegationen statt, in Moskau und im Kaukasus. Der 15. und 16. Juli 1990 sind bemerkenswerte Termine geworden: Gorbatschow erfüllte alle essentiellen Wünsche seines Gastes Helmut Kohl, verständlicherweise nicht ohne Gegenleistungen wirtschaftlicher Art. Deutschland wurde volle Souveränität mit dem Tag der Vereinigung zugesagt und auch seiner Mitgliedschaft in der NATO nicht länger widersprochen.

Wer die Geschichte seit 1945 noch so flüchtig überblickt,

kann sich der Bedeutung jener Tage und der an ihnen erreichten endgültigen Vereinbarungen nicht verschließen. Damit war nun in der Tat eine geschichtliche Periode abgeschlossen. Inzwischen liegt auch das Protokoll der entscheidenden Unterredung zwischen Kohl und Gorbatschow vor, und sogar Experten, die sonst Helmut Kohl heftig zu kritisieren pflegen, würdigen uneingeschränkt, daß die geschichtliche Chance, um die es sich wirklich handelte, auf einen Bundeskanzler traf, der sie erkannte, ergriff und voll ausnutzte; er zeigte sich »auf der Höhe der Situation, strategisch, taktisch, psychologisch« (Egon Bahr, *Die Woche* v. 18.2.1993). Im vertraulichen Gespräch mit dem sowjetischen Chef gab er übrigens unumwunden zu, was er in solcher Deutlichkeit seinen Wählern daheim bezeichnender- und bedauerlicherweise nicht offenbart hatte: »Die wirtschaftliche Situation in der DDR hat sich als bedeutend schwieriger herausgestellt, als wir ursprünglich angenommen haben. Und die Tendenz geht dahin, daß sie von Tag zu Tag komplizierter statt einfacher wird« (*Die Woche* v. 18.2.1993).

In der DDR und BRD waren die Weichen endgültig auf Vereinigung gestellt. Zwar gab es heftige Auseinandersetzungen über den Modus; denn das Grundgesetz bot zwei Möglichkeiten: nach Art. 23 oder nach Art. 146. Art. 23 sah vor: »In anderen Teilen Deutschlands [als den zuvor aufgeführten Bundesländern] ist es [das Grundgesetz] nach deren Beitritt in Kraft zu setzen.« Art. 146 hingegen bestimmte: »Dieses Grundgesetz verliert seine Gültigkeit an dem Tage, an dem eine Verfassung in Kraft tritt, die von dem deutschen Volk in freier Entscheidung beschlossen worden ist.« Kein Zweifel: der Beitritt nach Art. 23 war schneller zu vollziehen, während die Prozedur nach Art. 146 mit der Kodifizierung eines neuen Grundgesetzes und zugehöriger Zustimmung durch das deutsche Volk immerhin die Legitimierung der Einheit durch das ganze Volk erbringen würde.

Bei diesen Diskussionen ging es freilich nicht mehr um die Frage, *ob* es zu einer Vereinigung kommen, sondern nur noch darum, *wie* sie vollzogen werden sollte. Sie wurde bekanntlich nach Art. 23 durchgeführt. In einer Sondersitzung beschloß die DDR-Volkskammer in der Nacht vom 23. auf den 24. August 1990 den Beitritt der DDR zur Bundesrepublik gemäß Art. 23 GG zum 3. Oktober (mit 294 gegen 62 Stimmen). Als das Ergebnis bekannt war, trat PDS-Chef Gregor Gysi ans Pult und konstatierte: »Das Parlament hat nicht weniger als den Untergang der Deutschen Demokratischen Republik zum 3. Oktober beschlossen.« Er erhielt Beifall von allen Seiten, – allerdings aus ganz gegensätzlichen Motiven. Nun waren ›nur‹ noch die Beratungen zum Einigungsvertrag abzuschließen, die Anfang Juli begonnen hatten. Am 20. September ratifizierten Bundestag und Volkskammer den rund 1000 Seiten umfassenden »Vertrag zwischen der Bundesrepublik Deutschland und der Deutschen Demokratischen Republik über die Herstellung der Einheit Deutschlands«. Längst wissen wir, daß damit noch keineswegs die Einheit hergestellt oder gar ein Miteinander der Menschen in West und Ost verbürgt ist.

Am 3. Oktober 1990 in Berlin die offiziellen Festlichkeiten zum Tag der Einheit. Nachmittags im Schauspielhaus eine letzte Regierungserklärung des DDR-Ministerpräsidenten de Maizière: eine herbe Bilanz der mehr als 40jährigen DDR-Geschichte; Freude über die errungene Einheit; Besorgnis über eine ungewisse Zukunft für die Menschen in den neuen Bundesländern. Bundespräsident v. Weizsäcker in der Philharmonie: »Das alte System ist nicht zuletzt an seiner ökonomischen Krise gescheitert. Um so wichtiger ist es, daß die Menschen in der ehemaligen DDR ihre errungene Freiheit nicht als neuen Notstand erleben. [...] Sich zu vereinen heißt teilen lernen.« Nach fast drei Jahren seit jenem Abend ist das für allzu viele Menschen nach wie vor die Beschreibung eines Ziels, das in der Ferne dämmert. Und die ›Kosten der Einheit‹, die vielzitierten, die offenzulegen die Opposition seit damals unentwegt forderte, sind in ihrem ganzen Umfang immer noch nicht bekannt. Sind sie überhaupt genau zu beziffern? Über die Zahl der Arbeitslosen wissen wir indes mehr. Während ich dies schreibe, teilt das Statistische Bundesamt am 1. April 1993 mit, offene und verdeckte Arbeitslosigkeit hätte im Februar 35 % der ostdeutschen Erwerbsfähigen betroffen. (Das schließt nicht aus, daß in bestimmten Bereichen Arbeitskräfte sogar gesucht werden.) In Anbetracht dieser Tatsachen die vielen Arbeitslosen in den alten Bundesländern einfach zu übergehen, wäre allerdings zynisch; die persönliche Not ist dieselbe.

4.

Was 1989/1990 in Deutschland geschah, hat mancherlei Bezeichnungen erhalten, von denen einige schon früh zu Schlagworten avancierten: ›Wende‹, ›deutsche Revolution‹, ›friedliche Revolution‹, ›Umbruch‹, ›deutscher Umsturz‹, ›Zeitkehre‹, ›East German Revolution‹. Jeder versteht sogleich, was jeweils gemeint ist oder betont werden soll; aber präzise sind die Begriffe für die Gesamtvorgänge keineswegs, wo insbesondere ›Wende‹ ein Allerweltswort ist und schon früher für die Kennzeichnung tatsächlicher oder vorgeblicher Umschwünge beansprucht wurde. Von einer ›Wende‹ zu sprechen war 1989 zunächst vor allem üblich, wenn an eine entschiedene Änderung der Politik der SED gedacht wurde, deren Führungsanspruch immerhin in der DDR-Verfassung verankert war. Von der »politischen Wende, die wir eingeleitet haben«, sprach Egon Krenz in seiner Rede am 3. November 1989. Die Floskel machte die Runde. Führende Persönlichkeiten nicht nur der SED beriefen sich auf die Chancen einer ›Wende‹. Ihnen allen ging es um eine durchgreifende Reform der DDR, wie sie dann auch in den Aktionsprogrammen der SED thesenhaft formuliert wurde, denen die Mehrheit der Bevölkerung angesichts der tatsächlichen Verhältnisse keinen Glauben zu schenken vermochte. Auch die Demonstranten in Leipzig und anderswo, die Oppositionsgruppen und Zirkel der Kritiker setzten sich ein für eine ›andere DDR‹, für einen anderen als den real existierenden Sozialismus. Gerade dadurch sollte ja die Flucht derer, die massenweise dem Land den Rücken kehrten, eingedämmt werden. Diejenigen, denen längst klar war, daß eine Reform des Systems selbst nichts als eine Illusion war, hatten entweder die DDR verlassen oder sich in Nischen eingekapselt und sich dort verschließen müssen, weil der prinzipielle Zweifel an einer Reformierbarkeit der DDR konsequenterweise einer Ablehnung jenes Staats und seiner ideologisch-politischen Grundlagen gleichkam.

Von einem Aufstand der Massen, die notfalls auch vor Gewaltanwendung nicht zurückgeschreckt wären, von brodelndem Aufruhr, von einer Revolte war nichts zu verzeichnen. Als sich die Auswege über Ungarn, Österreich, auch über die Tschechoslowakei und Polen boten, sind viele, gerade auch jüngere Menschen, einfach weggegangen, haben ihre Heimat verlassen, um an anderer Stelle, meist in der Bundesrepublik, einen neuen Anfang zu wagen. Und es wurden so viele, daß daraus eine ernsthafte Krise für die DDR-Führung wurde, auch wegen der lädierten internationalen Reputation. Schließlich hatte die DDR 1975 in Helsinki ebenfalls die Schlußakte der »Konferenz für Sicherheit und Zusammenarbeit in Europa« (KSZE) unterzeichnet. In zaghafter, gewiß auch verzweifelter Hoffnung auf die Zurückhaltung des ›großen Bruders‹ Sowjetunion formierten sich in den Städten der Republik mutig die Demonstranten, verkündeten »Wir bleiben hier« als eine ihrer Losungen, und als die Staatsmacht wegen der allgemeinen politischen Entspannungslage zwischen Ost und West auf den Einsatz von Gewalt verzichten mußte, wurde innerhalb weniger Monate und dann der Wochen im Oktober und November 1989 überraschend sichtbar, wie gering das Regime innerlich gefestigt war, und das Netz der Staatssicherheit, scheinbar so fest geknüpft, hielt nichts mehr zusammen.

Es gehörte nun zum Eigentümlichen der Vorgänge jener Zeit, daß sie sich in den Bahnen von kodifizierten und respektierten formalen Regeln vollzogen. Die Ablösung der alten SED-Führung, der Wechsel in der Leitung der anderen Parteien in der DDR, die Neuaktivierung der früheren Akklamationsversammlung Volkskammer, die Vorbereitung und Verabschiedung des Gesetzes für die März-Wahlen 1990 und andere legislative Entscheidungen samt ihrer exekutiven Ausführung: alles lief in geregelten Formen ab, alles wurde abgesichert durch jeweils ordnungsgemäß zustandegekommene Beschlüsse. Von einer Wende konnte nur die Rede sein, weil gegenüber den alten festgefügten Macht- und Abhängigkeitsstrukturen die neuen Regungen als unerhört anderes erschienen. Neu war gewiß das Ausmaß an Öffentlichkeit der Vorgänge, die nun demokratischen Charakter anzunehmen begannen. Für die Beteiligten und nicht nur für die Mitlebenden vor Ort mußte das tatsächlich wie eine Wende erscheinen. Aber aus der Distanz abwägender Rückschau betrachtet, war das, was wirklich Wende genannt werden kann, erst mit der freien Wahl am 18. März 1990 und der dann folgenden Konstituierung einer neuen Volkskammer und Einsetzung der Regierung erreicht und vollzogen. Damit waren ein wirkliches Mehrparteiensystem installiert und Gewaltenteilung in Legislative, Exekutive, Jurisdiktion gewährleistet.

Dem historischen Beobachter drängen sich einige Parallelen zur Französischen Revolution von 1789 auf. Die verklärte Erinnerung an den Sturm auf die Bastille am 17. Juli 1789 verschleiert im allgemeinen, daß auch in Frankreich lange Zeit verfassungsrechtliche Reformen das politische Geschehen prägten, nicht aber Gewalt und Blutopfer (die es freilich schon gegeben hatte). Das bewog Georg Forster, am 30. Juli 1789 aus Mainz zu schreiben: »Schön ist es aber zu sehen, was die Philosophie in den Köpfen gereift und dann im Staate zustande gebracht hat, ohne daß man ein Beispiel hätte, daß je eine so gänzliche Veränderung so wenig Blut und Verwüstung gekostet hätte.« Das sollte sich dann jedoch furchtbar ändern.

Behutsamkeit ist ebenfalls angezeigt bei der Anwendung des Begriffs ›Revolution‹ auf die deutschen Vorgänge, welches gewichtige Wort auch von denen gern und in geradezu feierlicher Bewunderung benutzt wurde, für die sonst alles Revolutionäre bares Teufelswerk ist. Schnell bemächtigten sich die SED selbst und ihre Gliederungen des durch Tradition vergoldeten Etiketts. Hatte schon zuvor alles, was sie unternahmen, die verbale Weihe des Revolutionären erhalten (weil der Marxismus-Leninismus unter dem Aspekt seiner Geschichtsdoktrin das Revolutionäre für sich beansprucht und Widerstreitendes als Konterrevolution klassifiziert und disqualifiziert), sollten jetzt auch die Bewegungen im Wendeprozeß als revolutionäre reklamiert werden. Und in lauter revolutionäre Rhetorik eingesponnen, sahen manche Agierende die Realitäten nicht mehr. So brachte das *Neue Deutschland* am 4./5. November 1989 eine Erklärung der Teilnehmerinnen und Teilnehmer am VII. Philosophie-Kongreß der DDR, in der zu lesen war: »Im Aufbruch zur Erneuerung des Sozialismus in der DDR sind auch Wort und Tat der Philosophen gefordert. Marxistisch-leninistische Philosophie hat ihre kritische, revolutionäre Funktion, gerade in der gegenwärtigen Situation, wahrzunehmen. Wir müssen selbstkritisch feststellen, daß wir bislang nicht mit an der Spitze dieser revolutionären Bewegung stehen.« Dies mag als ein Beispiel genügen.

Was die SED samt Staatsführung und viele andere damals versuchten, waren *Reformen* innerhalb der Koordinaten des marxistischen Sozialismus, nichts anderes. Immer wieder wurde doch betont, daß die DDR als ›sozialistischer Staat‹ renoviert, aber eben als solcher erhalten werden sollte und müßte. (Über die Berechtigung dieses Anspruchs ist hier nicht zu diskutieren, wo es um die Klärung von Begrifflichkeiten zu tun ist.) Mag das Wort Revolution Mehrfaches bezeichnen können: ein einmaliges Ereignis und einen längeren Prozeß, zumeist einen gewaltsamen Vorgang und sogar eine scheiternde Umwälzung (wie 1848), so sind mit dem, was revolutionär genannt wird, zweifellos Absicht und Verwirklichung einer radikalen Veränderung des Bisherigen, eines durchgreifenden Umsturzes des Bestehenden gemeint. Jedenfalls hat das Wort Revolution seit der Französischen Revolution diese Bedeutung im politischen Bereich angenommen.

Gewiß haben sich die Phasen der 1989er Republikflucht, der Demonstrationen, der formal geregelten Reformen insgesamt als Teile eines revolutionären Prozesses erwiesen, aber die radikale Umwälzung vollzog sich erst mit dem Beschluß der Volkskammer zum Beitritt zur Bundesrepublik und dem ›Tag der deutschen Einheit‹ am 3. Oktober 1990. Die Tragweite dieses nun wirklich revolutionären Geschehens ist in jenem Ausspruch Gregor Gysis genau benannt: »Das Parlament hat nicht weniger als den Untergang der Deutschen Demokratischen Republik zum 3. Oktober beschlossen.« Hat es das je gegeben, daß ein Staat sich selbst annulliert hat, sich hat aufgeben müssen – und zudem auf friedliche Art und Weise? Indes hat dieses Mirakulöse seine spezifischen Bedingungen gehabt: Noch im demokratisch beschlossenen Ende der DDR zeigte sich, daß die so nachdrücklich berufene Eigenstaatlichkeit zu geringes historisches Gewicht besaß, als daß sie die Krise hätte überdauern können. Eine gut marxistische Erklärung nach dem Prinzip ›Das Sein bestimmt das Bewußtsein‹ bietet sich förmlich an: Das desolate ökonomische Sein der DDR verdrängte das (ohnehin nicht sehr ausgeprägte) Bewußtsein von der Identität einer Deutschen Demokratischen Republik. Und die Existenz des anderen deutschen Staates, der Bundesrepublik, ermöglichte den Übergang in ein neues staatliches Gebilde, in dem das Frühere, allerdings bei radikal – in friedlicher Revolution – veränderten Strukturen, sich aufheben lassen konnte, – vielmehr: aufgehoben werden sollte, gemäß der Idee eines ›Deutschland, einig Vaterland‹. Es macht das mentale Unbehagen mit der deutschen Einheit aus, daß eben dies bis jetzt (Frühjahr 1993) nicht oder nur erst in Ansätzen gelungen ist. Gedichte zum Geschehen der Wende und ihren Folgen sind grundiert von solcher Befindlichkeit, wie unterschiedlich sie auch von den einzelnen erfahren und (vielleicht) bewältigt sein mag. Möglicherweise aber sind die Erwartungen vieler und besonders die öffentlich verkündeten viel zu hoch gewesen, als daß sie sich nach der 40jährigen Vergangenheit einer konträren Entwicklung so rasch hätten erfüllen können. Sicher ist nur, daß es die DDR nicht mehr gibt, aber auch die alte Bundesrepublik Deutschland nicht mehr. »BRD ade!« ist der Titel eines umfangreichen Bandes mit aufschlußreichen Blicken zurück (*BRD ade! Vierzig Jahre in Rück-Ansichten*, hg. v. Otthein Rammstedt u. Gert Schmidt, ed. suhrkamp 1773, 1992).

Diese letzte Tatsache scheint den meisten ›Westlern‹ kaum bewußt, jedenfalls sehr unbequem zu sein. Darum wehren sie die Einsicht in unausweichliche Konsequenzen noch beharrlich ab, die sich nicht nur aus der Verpflichtung des Bundes ergeben, bei der Angleichung der Lebensverhältnisse in allen Bundesländern mitzuwirken, sondern auch das Miteinanderauskommen und ein gegenseitig inspirierendes Zusammenleben von Menschen betreffen, die auf ganz unterschiedliche Vergangenheiten – persönliche und staatliche – zurückblicken. Andererseits scheint, wenn nicht alles täuscht, bei manchen Menschen in den neuen Bundesländern die Erinnerung daran zu schwinden, welches Ausmaß an Problemen die ruinöse Hinterlassenschaft der DDR-Wirtschaft tatsächlich birgt.

Auch das Wort Wiedervereinigung bedarf wohl der Revision, zumindest der Differenzierung. Denn *wieder*vereinigt werden kann nur, was einmal vereinigt war. Aber die beiden deutschen Staaten sind in dieser Form vorher nie eine Einheit gewesen. Sie waren neue Gebilde, die nach 1945 als Folge des Kalten Kriegs entstanden und deren Grenzen, vor allem im östlichen Teil, als Resultat des Hitlerschen Aggressionskriegs mit denen des früheren Deutschen Reichs nicht übereinstimmten. Eine *Vereinigung* hat sich mit dem 3. Oktober 1990 vollzogen, und damit ist eine deutsche Einheit entstanden, die keine Vorgänger hat. Was früher einmal Deutschland war, hat die Politik des ›Dritten Reichs‹ verspielt.

5.

Herstellung und Existenz dieser neuen deutschen Einheit wurden und werden von den Mitlebenden mit divergierenden Empfindungen begleitet. Sicherlich betrauern diejenigen, die sich vehement für das Weiterbestehen der DDR eingesetzt haben, deren Verschwinden, zu schweigen von denen, die den real existierenden Sozialismus in der nun aufgelösten Republik tätig und in der Überzeugung, das historisch Richtige zu tun, unterstützt haben. Das waren immerhin viel mehr als nur die Mitglieder des Politbüros der SED und die Parteisekretäre in den Bezirken und vor Ort ... Die Einschätzung der neuen deutschen Einheit wurde und wird gewiß maßgeblich beeinflußt durch unterschiedliche Lebenswege und Lebenserfahrungen. Für Angehörige älterer Generationen ist die Erinnerung an ein – so oder so zugeschnittenes – einziges Deutschland, bis hin zum Bewußtsein geschichtlicher Verbundenheit, in ganz anderer Weise lebendig als bei Jüngeren, mögen Pauschalurteile auch hier riskant wie stets sein. Immerhin begegnet man bei Jüngeren und Jüngsten im Westen nicht selten lässiger Gleichgültigkeit in Fragen einer deutschen Einheit. Solange sie lebten, war für sie die Welt vor dem ›Eisernen Vorhang‹ frei zugänglich, und so haben sie sich dorthin orientiert, Reise- und Begegnungschancen nutzend, ohne die Schwierigkeiten und Schikanen überwinden zu müssen, die die Besuche in östlichen Ländern erschwerten oder unmöglich machten. Viele fühlen sich nicht zuvörderst als Deutsche, sondern als Europäer, vielleicht sogar als Weltbürger. Ist das zu beklagen oder zu verachten? Die neue deutsche Einheit ist für sie wichtig allenfalls als Zugewinn von Freizügigkeit auch nach Osten hin. Aber auch für die Bewohner der DDR gehörte zu den bedeutendsten Erfolgen der Wende, daß die Mauer fiel und das lang ersehnte Reisenkönnen Wirklichkeit wurde.

Doch darin kann sich der Wert der gelungenen Vereinigung nicht erschöpfen. Nach dem *Sinn* der neuen deutschen Einheit ist zu fragen. Diese Frage ist, scheint mir jedenfalls, noch keineswegs hinreichend beantwortet, zumal sie vom Geröll der handlichen Floskeln von deutscher Einheit und Wiedervereinigung buchstäblich zugeschüttet und erstickt wird. In gewissen Kreisen gilt es schon als Ketzerei, die Frage nach dem *Sinn* der Einheit überhaupt zu stellen. Man muß darauf gefaßt sein, umgehend den ›Linken‹ zugewiesen zu werden, die ohnehin mit einer deutschen Einheit nichts oder wenig anzufangen wüßten, weil sie insgeheim dem Experiment DDR anhingen und seinem Scheitern nachtrauerten. Doch ergibt sich die lästige Frage unausweichlich, wenn über die Tragweite des Geschehenen und die Bewandtnis des Gegenwärtigen unaufgeregt und konsequent nachgedacht wird, – es sei denn, Einheit an sich würde als ein nicht weiter zu befragender Wert inthronisiert. So soll hier wenigstens ein Fragenhorizont beleuchtet werden, ohne daß in der Kürze dieser Betrachtungen ausreichende Antworten angeboten werden könnten.

Die Argumentation, (auch) die Deutschen müßten in einem gemeinsamen Staat zusammenleben können, hat ihre Tücken. Zwingend kann sie nur sein, wenn zumindest zwei Voraussetzungen zutreffen: 1. Die Deutschen in den beiden Staaten BRD und DDR, die sich vereint haben, müssen sich als Repräsentanten der Deutschen insgesamt verstehen. 2. Die Zeiten eines geeinten (wie auch immer begrenzten) Deutschlands, zweifellos Wunscherfüllung vieler Streiter für die deutsche Einheit seit dem 18. Jahrhundert, müssen für die Deutschen und für die Welt als besonders glückliche gegolten haben und gelten.

Beides kann nicht einfach bejaht werden. Es gibt mehr Deutsche, als nun in der neuen Bundesrepublik leben. Niemand kann um des Friedens willen auch nur mit dem Gedanken spielen, jene anderen ›heimzuholen‹ in ein sich vergrößerndes Deutschland. Martin Walser, der seit den 70er Jahren nicht nachließ zu erklären, er könne sich nicht mit der Teilung abfinden, ging in diesem Zusammenhang darauf ein, daß er in Debatten regelmäßig auf Österreich hingewiesen würde: »Wolle ich denn Österreich auch wieder heimholen? Ich will nicht« (in: *Über Deutschland reden*, ed. suhrkamp 1553, 1989). Er legte dar, daß 1919 zwar die von der österreichischen und deutschen Nationalversammlung beschlossene Vereinigung von Clemenceau verboten worden sei, daß es sich aber um keine Teilung gehandelt habe. »Österreich mußte sich und konnte sich verselbständigen. Die allmähliche Verselbständigung Österreichs kann aber nicht mit einer Teilung verglichen werden. Teilung ist das Gegenteil von Entwicklung.« Schon richtig, aber die Österreicher verstanden sich als Deutsche und wollten in einem gemeinsamen Deutschland leben. Walsers Unterscheidung zwischen Teilung und (Sonder-)Entwicklung löst die prinzipielle Frage nicht, was denn mit der Idee einer deutschen Einheit gemeint sei und in welchem Rahmen sie verwirklicht werden könne und müsse.

Zum andern ist der Rückblick auf die einzige kurze Geschichtsspanne von 1871 bis 1945, in der es eine kleindeutsche, dann eine fatale großdeutsche Einheit gab, für kritische Köpfe alles andere als überwiegend erfreulich und fördert nur wenig oder nichts zutage, woran angeknüpft werden könnte. Das ist gerade in der letzten Zeit in kontroversen Diskussionen oft genug ausgebreitet worden und braucht hier nicht besprochen zu werden. Da keine Gefahr besteht, daß wir »ins Hohenzollern- oder Hitlerdeutsche zurückfielen« (M. Walser), brauchte mit dem sorgenvollen Verweis auf jene frühere Einheitszeit allerdings auch die Vereinigung nicht hinausgezögert oder sogar vereitelt zu werden.

Bleibt also weiterhin die Frage nach dem Sinn der deutschen Einheit. Der Horizont sei noch etwas weiter ausgeleuchtet und erneut Martin Walser zitiert. 1977 bekannte er:

Ich spüre ein elementares Bedürfnis, nach Sachsen und Thüringen reisen zu dürfen unter ganz anderen Umständen als denen, die jetzt herrschen. Sachsen und Thüringen sind für mich weit zurück und tief hinunter hallende Namen, die ich nicht unter ›Verlust‹ buchen kann. Nietzsche ist kein Ausländer. Leipzig ist vielleicht momentan nicht unser. Aber Leipzig ist mein. Aus meinem historischen Bewußtsein ist Deutschland nicht zu tilgen. Sie können neue Landkarten drucken, aber sie können mein Bewußtsein nicht neu herstellen (in: *Über Deutschland reden*).

Martin Walser ist viel zu klug, um nicht zu wissen, daß man diesen Text auf prekäre Weise umschreiben könnte, und zwar unter Berufung auf jenes historische Bewußtsein, das er für sich bemüht, um für die deutsche Einheit zu argumentieren. Etwa so: Ostpreußen und Königsberg sind für mich weit zurück und tief hinunter hallende Namen, die ich nicht unter ›Verlust‹ buchen kann. Kant ist kein Ausländer ... Nein, Walser spart Königsberg nicht aus (»Wenn mir Königsberg einfällt, gerate ich in einen Geschichtswirbel, der mich dreht und hinunterschlingt«), und ich weiß natürlich: Nie würde Walser auf die Idee kommen, mit den soeben konstruierten denkbaren und sinnvollen Sätzen für gewaltsame Revisionen der durch den deutschen Krieg eingehandelten Tatbestände zu plädieren. Er muß das in meinen probierten Sätzen Genannte in der Rubrik ›historischer Verlust‹ abbuchen. Das bedeutet jedoch, konsequent durchgedacht, daß mit dem Hinweis auf das eigene historische Bewußtsein von einem früheren Deutschland gar nicht argumentiert werden kann für das, was deutsche Einheit von BRD und DDR heißt. Aus meinem ›historischen Bewußtsein‹ kann ich nicht Phasen und Teile eines früheren Deutschland einfach tilgen. So bleibt in der (mir überaus sympathischen) zitierten Passage Martin Walsers in dem zu analysierenden Zusammenhang nur das Begehren nach Reisefreiheit als Argument für die (Wieder-)Herstellung deutscher Einheit übrig. Reisefreiheit jedoch könnte, wie unsere Touren nach Amsterdam, London, Paris, Rom und sonstwohin seit Jahrzehnten demonstrieren, mühelos ohne die Existenz einer deutschen Einheit gewährleistet werden. So bestand für starke Kräfte der einstigen DDR-Opposition kein Widerspruch darin, sowohl die Freizügigkeit zu fordern als auch den Erhalt eines eigenen Staats DDR zu wünschen.

Es bleibt also weiter zu überlegen. Gewiß könnte weitläufig über bestehende und auch in vierzig Jahren nicht zerschnittene Bande des Zusammengehörigkeitsgefühls zwischen Einwohnern hier und dort gesprochen werden, natürlich auch über Bindungen an gemeinsame Traditionen in Weltauffassung, Kultur und Kunst und ähnliches. Aber auch da melden sich sogleich Bedenken. Zu Zeiten der DDR haben (keinesfalls nur dortige) Kultur- und Literaturhistoriker nicht ohne Grund (wenn auch meistens auf ihrer ideologischen Basis) darauf aufmerksam gemacht, daß spätestens seit den zwanziger Jahren dieses Jahrhunderts eine scharfe Trennung auszumachen sei: abgekürzt gesprochen, zwischen einer Literatur und Kultur der sozialistischen Arbeiterbewegung, die entschiedene gesellschaftliche Veränderungen anstrebte, und dem breiten Spektrum ›bürgerlicher‹ Kultur. Bei solchem nicht zu bestreitenden Befund wäre es zumindest riskant, gemeinsame deutsche Traditionen als das entscheidende Fundament einer deutschen Einheit zu berufen. Es ginge einher damit der Verzicht auf wichtige Bauelemente (was manchen gewiß zupaß käme).

Es haben in Wirklichkeit ja auch ganz andere Faktoren den Ausschlag für den Beitritt der DDR zur BRD gegeben. Er bot den einzigen Ausweg aus der ökonomischen und gesellschaftlichen Krise, wie sie in der weltpolitischen Situation der Entspannung schonungslos sichtbar werden konnte. Folgerichtig führte der Weg zur Einheit über die »Währungs-, Wirtschafts- und Sozialunion zwischen der Bundesrepublik Deutschland und der Deutschen Demokratischen Republik« (1.7.1990). Durchaus sind Erwägungen der materiellen Sicherung bestimmend gewesen und der von der Bevölkerung ausgehende Druck, endlich auch eine Teilhabe an dem im Westen vorhandenen und von der Werbung verklärten Wohlstand zu gewinnen, der in Wahrheit freilich weder so einfach zu erreichen war und ist noch für alle zur Verfügung steht. Diesem Wunschpaket waren radikale politische Veränderungen, Gewaltenteilung, Versammlungs-, Meinungs- und Reisefreiheit als wichtige Güter beigegeben.

In Anbetracht der skizzierten Gesamtlage muß es illusorisch bleiben, den Sinn der neuen deutschen Einheit in irgendwelchen überkommenen Gehalten und Gefühlen, Traditionen und nationalen Werten aufbewahrt zu vermuten und immerfort darauf zu verweisen. Das führt nur zu einem Schwall von Polit-Rhetorik, der die Wirklichkeit schon nicht mehr streift. Vaterländischer Singsang zur Weihe der Einheit, gleich in welcher Tonart, ist nicht gefragt. Wenn man vermeiden will, sich argumentativ in heillosen Brüchen zu verlieren und in Widersprüche zu verstricken, dann bleibt nur übrig, den Sinn der neuen deutschen Einheit, die es vordem so nicht gab, neu zu begründen, ihn – um es pathetisch zu sagen – neu zu stiften. Das kann natürlich nicht gelingen, ohne das vielfältige Erbe, das den beiden vereinten deutschen Staaten hinterlassen und anvertraut ist, zu sichten, zu prüfen und von ihm einzubringen, was in der neuen Einheit zu einer (sit venia verbo!) Sinngebung beitragen könnte. Denn die Währungs-, Wirtschafts- und Sozialeinheit kann ja wohl nicht alles sein, wenngleich sie die unerläßliche materiale Sicherung bilden muß. Ihr Aufbau ist schwierig genug und steckt noch im Frühjahr 1993 in den Anfängen, von deprimierenden Nachrichten über Arbeitslosigkeit und rüdes Vorgehen kapitalkräftiger Wirtschaftsbosse überschattet, aber auch von Verhaltens- und Anpassungsschwierigkeiten in Ost und West behindert. Manches davon kommt in den Gedichten zur Sprache, und zwar aus ›östlicher‹ und aus ›westlicher‹ Sicht.

In der DDR hat es die sogenannte Erbe-Diskussion gegeben, ausgerichtet nach politisch-ideologischen Vorgaben: was alles denn aus der Vergangenheit im ›Arbeiter- und Bauernstaat‹ unter dem Führungsanspruch der SED Heimrecht beanspruchen und erhalten könne und was zurückgewiesen und ausgeschieden werden müsse. Die offizielle DDR verstand sich als Ort der endlich geschehenden Verwirklichung humanistischer Traditionen, die sich angeblich nur in der Arbeiterbewegung kommunistischer Ausrichtung mit der Vorhut ihrer Partei ereignen konnte. Unter ganz anderen Vorzeichen – der ›Sinnsuche‹ für die neue deutsche Einheit – wird eine Erbe-Diskussion uns wohl noch lange beschäftigen und zu schaffen machen. Mit der Vereinigung sind zwei unterschiedliche vierzigjährige Vergangenheiten zusammengeschlossen worden mit ihrerseits divergierenden Traditionsbindungen. Wie sich das in der neuen staatlichen Einheit zu einem produktiven Miteinander zusammenfügen kann, damit die Einheit ihren über die ökonomischen Instrumentarien hinausreichenden Sinn erhält und sich dessen bewußt wird, bleibt eine in die Zukunft reichende Herausforderung. Das Wissen, daß es Gemeinsamkeiten wie die gleiche Sprache gibt und daß Goethe-, Schiller-, Nietzsche-Stätten wieder in dem einen Territorium liegen, genügt ebensowenig wie die wohlgemute Überzeugung, daß zusammenwächst, was zusammengehört.

Überflüssig wohl zu betonen, daß mit dem (wahrscheinlich immer aufs neue zu artikulierenden und zu überprüfenden) Sinn der neuen Einheit nicht Einheitlichkeit und Einsinnigkeit gemeint sein können und dürfen. Um es bildlich anzudeuten: Gefragt ist, wie und zu welchem Zweck das gemeinsame neue Haus eingerichtet und ausstaffiert werden soll, in dem Mietparteien zusammenleben, die ihre gegensätzliche Herkunft nicht einfach beim Portier zurücklassen können. Wenn sie sich zunächst auf einen zu Unrecht belächelten ›Verfassungspatriotismus‹ als verbindlichen Konsens zu verständigen vermögen, ist viel erreicht.

Gedichte dieses Bandes haben es oft mit solcher Perspektive zu tun, nicht in theoretischer Überlegung, sondern in ausschnitthaften Wahrnehmungen, pointierten Raffungen und sprachbildhafter Zusammenschau. Es sind Zeilen der Suche nach Klärungen während einer geschichtlichen Zwischenzeit, deren Ende noch nicht zu erspähen ist, Verse der Nach- und Überprüfung von Vergangenem und Gegenwärtigem.

6.

Was seit geraumer Zeit in der Wirklichkeit der deutschen Wendezeit, der noch andauernden, zu besichtigen ist und beredet wird, stimmt viele nicht nur nachdenklich, sondern mißmutig, wenn es sie nicht gar zur Verzweiflung treibt. Die Medien aller Sparten hallen wider von negativen Botschaften. Darüber gerät leicht aus dem Blick, wieviel an positiver Initiative sich auswirkt, wo überall Neues und wahrscheinlich Zukunftsträchtiges sich präsentiert und welche Zwänge politischer und staatlicher Unterdrückung verschwunden sind. »Tiefe Depressionen im Osten, Gleichgültigkeit im Westen haben das Glücksgefühl über die deutsche Einheit längst verdrängt«, hieß es in einem *Spiegel*-Artikel am 17. 8. 1992, der die Überschrift »Distanz, Enttäuschung, Haß« trug. Gesamttitel jenes Hefts: »Die neue Teilung. Deutsche gegen Deutsche«. In den ›Mauer-Gedichten‹ wird die Situation erfaßt und etwas von den Gründen der nach wie vor bestehenden Fremdheit berührt. Auf beide Teile des vereinigten Deutschlands sind Reiner Kunzes Zeilen *Die mauer* gemünzt, die mit der Präzision pointierter und aufklärender Kürze benennen, wie Trennung und Teilung viel mehr bewirkt haben als nur die Ver- und Behinderung äußerer Freizügigkeit. Was wirklich abzutragen ist, nachdem die Mauer geschleift wurde, ist tagtäglich zu beobachten, und die beiden Schlußzeilen des Gedichts erheben kritischen Einspruch gegen die Lethargie und Gleichgültigkeit, die sich bei nicht wenigen scheinen ausgebreitet zu haben: »Nun stehen wir entblößt/jeder entschuldigung.«

Im September 1992 attackierte Monika Maron im *Kursbuch* 109 heftig und wohl wissend, »daß ich ungerecht bin«, ihre »ehemaligen Staatsbürgerschaftsgefährten« der DDR: »Die Einheit ist mir zum Alptraum geworden, weil der Osten, wo er sich als solcher artikuliert, mir unüberwindlichen Ekel verursacht.« Sie hält es »für eine Krankheit und weiß nicht, wie man sie heilt. Die Krankheit nenne ich Zonophobie.« Sie erregte sich darüber, daß ihre früheren Mitbürger offenbar meinten, »alle Welt sei ihnen etwas schuldig, insbesondere schulde man ihnen ihre Würde«. Dabei seien jene damit bis vor drei Jahren ziemlich leichtfertig umgegangen; sie sähe sie noch vor sich, »wie sie zu den Wahlurnen geschlichen sind, wie sie mit gesenktem Blick in den Versammlungen gesessen haben, verarscht, verkohlt, gedemütigt«. Eine neue Einheitsfront verrühre inzwischen »die DDR-Geschichte zu einem einzigen Opferbrei, die eigene Vergangenheit wird unter dem neuen Feindbild begraben, [...] endlich dürfen alle Opfer sein, Opfer des Westens«.

Diese vehemente Polemik, an deren Grund gewiß auch das Nichtgeheure von Monika Marons eigener Vergangenheit rumort, mag nur als Beispiel dafür dienen, wie sehr Vergangenes auf der deutschen Einheit lastet und welche Aufräumungsarbeiten vonnöten sind, um Verstehensschneisen durch das Dickicht von Verstrickungen und den Wust von Ressentiments, hier und dort, zu schlagen.

Bewältigt werden kann Vergangenheit freilich nie. Das Wort ›Vergangenheitsbewältigung‹ sollten wir nach den Erfahrungen, die wir damit früher schon gemacht haben, auf die Liste der unbrauchbaren Wörter setzen. Aber Vergangenes darf auch nicht im Dunkel des Unerforschten (oder gar Unerforschlichen) und Unerkannten belassen werden. Nur eindringliche Aufklärung dessen, was gewesen, wie es zustande gekommen ist, wie es sich entwickelt hat und was es hat anrichten können, schafft Bedingungen der Möglichkeit, in Gegenwart und Zukunft vernünftig miteinander umzugehen und tätig zu sein, – wieder einmal pathetisch gesagt: menschenwürdig zu leben. Dazu müßte – Grundbedingung der erhofften Möglichkeit – ein ›Klima‹ im vereinten Deutschland entstehen, in dem es selbstverständlich wäre (verfalle ich nun luftigen Illusionen?), daß Opfer und Täter, Handelnde und Behandelte, die einstigen Bürger der DDR (dagebliebene, fortgegangene und verjagte) und ebenso die Bürger der alten BRD, Mitlebende also und Betrachter, manche mit dem Lebensgepäck von vierzig Jahren – daß sie alle, in einer gewissermaßen engagierten Gelassenheit und ohne Vorbehalte aus Furcht, freimütig und aufrichtig, eindeutig und rückhaltlos über alles miteinander redeten, was war, was sie bewegte und bewegt, was sie beschwerte und beschwert – und immer im Blick auf das nun gemeinsame Leben in dem einen Land. Denn was könnte die neue Einheit mehr auszeichnen und sie eher zur ›Heimat‹ werden lassen als die gänzliche Abwesenheit von Häme und Überheblichkeit, Besserwisserei und Verfolgungslust. »Anmut sparet nicht noch Mühe/Leidenschaft nicht noch Verstand ...« Juristen des Rechtsvollzugs blieben allein Kapitalverbrechen und jene Fälle überlassen, wo jemand in nachweisbarer krimineller Tat andere Menschen geschädigt hat. (Ich weiß: welche Implikationen, welche Zumutung!)

Dies sei aufgeschrieben trotz der tagaus tagein hinzunehmenden Ernüchterung, daß es waghalsig, wenn nicht wirklichkeitsfremd ist, dem Menschen als einem vernunftbegabten Wesen zu trauen und seinen entsprechenden Fähigkeiten zu vertrauen. Auch hier, in den Grenzen eines Nachworts, sind nur knappe Notizen zu einigen grundsätzlichen Problemen möglich, die uns wohl noch länger beschäftigen und in Kontroversen stürzen werden. Diese aphoristischen Vermerke dürfen indes Platz finden im Umkreis von Gedichten, deren Autoren aus Ost und West stammen oder von dem einen ins andere Gebiet umgezogen und dorthin freiwillig oder gezwungen verschlagen worden sind. (Sie haben übrigens sämtlich eigene Lyrikbände vorzuweisen.) Ihre Lebensläufe unterscheiden sich gemäß Alter, Herkunft, Sozialisierung, Beruf, philosophischen und politischen Ansichten, nicht zuletzt nach der miterlebten Geschichte und nach den Konsequenzen, die sie aus all dem gezogen haben. So wenig folglich anzunehmen ist, daß ihre Befunde und Einschätzungen, wie sie sich in den Gedichten zu erkennen geben, übereinstimmen, so wenig ist zu vermuten, daß alle Lyrikerinnen und Lyriker meine auf diesen Seiten geäußerten Auffassungen gutheißen. Auf *einen* Einspruch, der gelegentlich zu hören ist, sollten wir uns freilich allesamt nicht einlassen: Wer es nicht selbst miterlebt habe, könne es auch nicht beurteilen. Damit wäre jeglicher Geschichtsbetrachtung, die es mit Zeiten zu tun hat, deren Mitlebende sich nicht mehr äußern können, die Legitimation abgesprochen.

7.

Die ›deutsche Wendezeit‹ seit 1989 bildet, im Kontext der Umbrüche in den anderen ›sozialistischen Staaten‹, die Endphase einer Epoche der deutschen Geschichte (seit 1945) und die Eröffnung eines neuen Abschnitts, für den erst die verfassungs- und wirtschaftsrechtlichen Grundstrukturen vorgezeichnet sind. Welthistorisch gesehen, ist ein Experiment zu Ende gegangen, das mit der russischen Oktoberrevolution von 1917 begann und Hekatomben von Menschenopfern gekostet hat. Ein ›wissenschaftlicher Sozialismus‹, der die Gesetzmäßigkeit des Geschichtsablaufs hin zum Sozialismus/Kommunismus nachgewiesen zu haben meinte und demzufolge bedingungslose Anerkennung verlangte, wurde in Praxis zu überführen versucht, zugleich unter permanenter Berufung auf die humanistischen Antriebe und Ziele, die in der Tat der marxistischen Gesellschaftsphilosophie zugrundeliegen: Befreiung der Menschen von Unterdrückung und aufhebbaren Zwängen, die durch unzuträgliche Gesellschaftsverhältnisse verursacht werden. Wie rücksichtslos und verlustreich sich solche Praxis erwies, war spätestens seit Lenins Durchsetzung der »Diktatur des Proletariats« und Stalins Vernichtungsmaßnahmen zu erkennen, und es war folglich möglich, sie kritisch im Blick auf das verheißene Ziel zumindest zu reflektieren. Immer aber wurde angeboten – und das entpuppte sich als verführerisch –, die Anwendung von Gewalt durch ideologische Beweisführung zu rechtfertigen, die das Schicksal der einzelnen ausklammerte. In diesem Bezirk sind stets die Bruchstellen für den Abfall derer von der kommunistischen Bewegung zu finden, die den Widerspruch zwischen Praxis und Theorie nicht länger aushalten wollten.

In den deutschen Verhältnissen kam allerdings hinzu, daß gerade Kommunisten besonders profilierte und entschiedene Gegner des Faschismus in seiner nationalsozialistischen Machart waren, nach 1933 sofort verfolgt, drangsaliert und ausgeschaltet wurden und sie vor allem in der Sowjetunion die ausschlaggebende antifaschistische Gegenmacht erblickten. Diese irgendwie zu schwächen konnte für sie auf keinen Fall sinnvoll sein und gestattet werden. Deshalb die Irritationen und Verzweiflungen, als Stalin mit Hitler am 23. August 1939, wenige Tage vor Ausbruch des Kriegs, den »Deutsch-Sowjetischen Nichtangriffspakt« schloß, der dann keine zwei Jahre hielt. In solchen Konstellationen nahmen viele in ihrer unerschütterlichen kommunistischen

Überzeugung auch den Terror als notwendige Maßnahme hin, schien er doch ohnehin immer noch durch die programmierte ›Diktatur des Proletariats‹ gerechtfertigt zu sein.

Nun wäre allerdings ausgiebig über den eminent schwierigen (überhaupt wirklich zu klärenden?) Komplex von Gewaltanwendung insgesamt nachzudenken. Die feierlichen öffentlichen Bekenntnisse zur Gewaltfreiheit verschleiern oft genug die tatsächliche Kompliziertheit. Immerzu wird irgendwo Gewalt angewendet, nicht nur physische, auch geistige. Ihre Ausübung zu legitimieren gehört zu den heikelsten Aufgaben. Die formale Legalisierung von Gewalt durch kodifiziertes Recht schließt nicht selbstverständlich deren Legitimierung ein; darüber wird fortdauernd gestritten, und Gesetzesänderungen sind oftmals die Folge. Daß in demokratisch verfaßten und funktionierenden Gesellschaften das sogenannte Gewaltmonopol bei den zuständigen staatlichen Organen liegt, ist weithin unbestritten. Aber auch das Grundgesetz kennt in Art. 20 das Widerstandsrecht aller Deutschen (»wenn andere Abhilfe nicht möglich ist«) gegen solche, die die grundgesetzlich verbürgte Ordnung zu beseitigen trachten. Es gibt, wie die Geschichte lehrt, Situationen, in denen nur die Anwendung von Gewalt das unerträgliche Bestehende beseitigen kann. Wie anders wären Widerstand und revolutionäre Gewalt überhaupt zu rechtfertigen? Tyrannenmord ist schon früh gebilligt worden, doch nicht in jedem Verständnis von weltlicher Macht. Wenn es sich aber um gesellschaftliche Umwandlungsprozesse handelt, in denen der Zweck die gewaltsamen Mittel heiligen soll, setzen sogleich jene im Grunde ausweglosen Überlegungen ein, die einen Ernst Toller umgetrieben haben, nachdem er bei der Münchner Räterepublik 1919 auf Gewaltanwendung nicht hatte verzichten können, und über die er in seinem Rückblick *Eine Jugend in Deutschland* berichtet hat:

Ich hatte geglaubt, daß der Sozialist, der Gewalt verachtet, niemals Gewalt anwenden darf, ich selbst habe Gewalt gebraucht und zur Gewalt aufgerufen. Ich haßte Blutvergießen und habe Blut vergossen. [...] Muß der Handelnde schuldig werden, immer und immer? Oder wenn er nicht schuldig werden will, untergehen?

Es sind Überlegungen dieser Art, die Menschen bewegen und quälen müssen, die, ohne selbst vielleicht handelnd ›gesellschaftliche Gewalt‹ gegen andere ausgeübt zu haben, diese jedoch befürwortet oder haben geschehen lassen, – von den Tätern gar nicht zu reden. Das ist, wie wir wissen oder bedenken sollten, keine nur für eine Deutsche Demokratische Republik typische Verwicklung. Manche Gedichte sind gezeichnet von den Spuren unterschiedlichen kritischen und selbstkritischen Beobachtens und Nachdenkens auf diesem so schwer zu überschauenden und zu reinigenden Feld.

8.

Das Scheitern des undemokratischen Sozialismus, dessen Ursachen offenkundig sind, muß zu schonungslosen Revisionen jenes Denkens und Tuns führen, dem sich einige Generationen im Bann der kommunistischen Idee verschrieben hatten. Das desillusionierende Fazit lautet: »Die Opfer sind gebracht worden, aber sie haben sich nicht gelohnt. Es ist nur Lebenszeit verbraucht worden. Diese Generationen sind um ihr Leben betrogen worden, um die Erfüllung ihrer Wünsche« (Heiner Müller, *Krieg ohne Schlacht*, 1992). Das Ergebnis sieht für die Täter, Handlanger und Unterstützer des Nationalsozialismus übrigens nicht anders aus. Solche Resümees sind für die betroffenen Menschen bitter und qualvoll, weil eigenes gelebtes Leben ins fahle Licht des Sinnlosen gerät. Aber die Opfer lassen keine andere Bilanz zu.

Deren Verlust hat ohnehin andere Dimensionen. Während die Täter agierten und sich des offiziellen Lobs erfreuten, lebten sie im Schatten ihre verlorene Zeit. Angesichts der Leipziger Demonstrationen protokollierte Harald Gerlach unter dem 14. November 1989:

Reife Menschen sind unter den Protestierenden, fordern ihr gestohlenes Leben ein. Wir sind das Volk. Welch ein Gewicht, wenn sie das sagen. Bedacht ist im Spiel, Würde. Eine solche Dimension läßt sich nicht aus der Geschichte prügeln. Nur: das gestohlene Leben ist verloren. Die Schuldner werden gehen. Und die Betrogenen bleiben zurück: mit leeren Händen (*Einschlüsse. Aufbrüche*, 1991).

Damit sind grundsätzliche Fragen provoziert und gerade von denen nicht zurückzuweisen, die sich zu Recht sträuben, marxistisches Denken und seine Analysevorschläge nun für immer auf dem Müllhaufen der Geschichte zu deponieren. Hat es sich beim Leninismus-Stalinismus und real existierenden Sozialismus ›nur‹ um eine Fehlentwicklung gehandelt? Oder wo sind bereits in den Denkzusammenhängen von Karl Marx und Friedrich Engels Ansätze zu entdecken, die für das in ihrem Namen Praktizierte mithaften müssen? Dem muß bis in die Winkel nachgespürt werden, ohne daß man sich bei voreiligen Resultaten – so oder so – beruhigt. Zentralistische Planwirtschaft und Einparteiherrschaft beispielweise waren Grundpfeiler des zusammengebrochenen Staatssozialismus. »Onkel Karl ist dafür mitverantwortlich, denn ›Diktatur des Proletariats‹ und ›alle Produktionsinstrumente in den Händen des Staates‹, das stammt von ihm. Auf der anderen Seite hat niemand den Kapitalismus so gut analysiert wie er. Das meiste davon ist heute noch richtig. Beschreibung und Analyse von Ideologie, die Akkumulation, der Mehrwert, der Warenfetischismus, Tauschwert und Gebrauchswert.« So Uwe Wesel im Juni 1990 in schwerlich zu widerlegender Kurzargumentation

(*Kursbuch* 100), wenn auch der Kapitalismus von heute nicht mehr der von damals ist.

Angesichts der zu besichtigenden Katastrophen dieses Jahrhunderts haben einige Betrachter radikale Schlußfolgerungen gezogen und gewissermaßen höchstrichterliche Schuldsprüche verkündet. Utopieverbote sind erlassen, »Leben ohne Utopie« (Joachim Fest) ist deklariert worden, und zu diesem Problemkomplex sind inzwischen zahlreiche Aufsätze und Bücher entstanden (z. B. der Sammelband *Hat die politische Utopie eine Zukunft?*, hg. v. Richard Saage, 1992). Auf den ersten Blick überzeugt die Begründung des Utopieverbots, wie sie Joachim Fest (*Der zerstörte Traum*, 1991) anbietet:

Mit dem Sozialismus ist, nach dem Nationalsozialismus, der andere machtvolle Utopieversuch des Jahrhunderts gescheitert. Was damit endet, ist der mehr als zweihundert Jahre alte Glaube, daß sich die Welt nach einem ausgedachten Bilde von Grund auf ändern lasse. [...] Bei unterschiedlichen Ausgangsbedingungen erzwang der Sozialismus, wo immer er zur Macht kam, alle Voraussetzungen, die zu seiner Verwirklichung je verlangt worden waren: die Abschaffung des Privateigentums, die Gleichheit, die Planungsdiktatur, das Erziehungsmonopol und natürlich die von niemandem angefochtene Alleinherrschaft der Partei, nachdem jeder denkbare Feind durch Revolution oder Staatsstreich ausgeschaltet worden war.

Das alles folge »dem Gesetz der Utopie«, die, ihrem Wesen nach, stets »eine totale Gesellschaft« verlange.

Diese Pauschalverurteilung der Utopie hält einer Nachprüfung am historischen Material nicht stand. Utopisches Denken erscheint bei Fest in einer einsinnig verkürzten Form. Keineswegs verlangen alle utopischen Entwürfe, wie sie im Laufe der Geschichte als Gegenbilder gegen das, was als unzulänglich und veränderungswürdig galt, gezeichnet worden sind, eine »totale Gesellschaft«, die allein mit terroristischen Mitteln durchgesetzt werden kann. Das allerdings würde jedes utopische Denken diskreditieren. Fülle und Vielfalt utopischer Phantasien entziehen sich einer Gesamtdenunziation im Festschen Sinn; schon die drei Bände *Utopieforschung* (hg. v. Wilhelm Voßkamp, 1982) bieten hinlänglich Auskunft. Daß Marx und Engels sich gerade nicht als Utopisten verstanden, ist bekannt, in diesen Überlegungen aber ohne Belang.

Um Mißverständnissen sogleich zu wehren: Wo auch immer Totalutopien erscheinen – etwa »in der Spielart des geschlossenen Gesellschaftsentwurfs mit seiner uhrwerkhaft ineinandergreifenden Präzisionsmechanik« (Fest) –, denen eine Tendenz zu terroristischer Überführung in den Lebensraum der Menschen innewohnt, die jenen Entwürfen nur unter Zwang angepaßt werden könnten, sind aufklärende Analyse und frühzeitiger Widerspruch herausgefordert.

Wer heute eine Generalabrechnung mit der Utopie vorlegt und dazu durch den Zusammenbruch des Sozialismus motiviert wurde, setzt sich unvermeidlich dem Verdacht aus, ihm gehe es in Wahrheit weniger um Kritik der Utopie als vielmehr um die ideologische Absicherung jener Gesellschafts- und Wirtschaftsformation, die so überzeugend im ›Wettkampf der Systeme‹ gesiegt hat. Zwar erkennt auch der Totalkritiker der Utopie die »gesellschaftlichen Verbesserungswünsche« an, die der Mensch im Leben ohne Utopie nicht etwa aufgeben müsse, aber sie resultieren für ihn allein aus jenen Widersprüchen, »die der gesellschaftliche Prozeß aus sich hervortreibt« (J. Fest), sind also nicht bezogen auf oder gar geleitet von dem Vorausentwurf eines Gegenbildes, einer Vision vom Besseren, auf das hin schlechte Wirklichkeit umzugestalten wäre. Pragmatismus, allein aufs Bestehende bezogen und daran gebunden, reduziert die dem Menschen gegebenen Möglichkeiten schöpferischer Phantasie, die sich durchaus der nur »schrittweisen Verwirklichung einer humaneren Ordnung« anzubequemen versteht und nicht auf totalitäre Umstülpung ausgerichtet sein muß.

In den Gedichten sind mancherorts Nachdenken, Trauer und Wut über die verlorene, verspielte Utopie anwesend, ohne daß diese stets beim Namen genannt werden müßte. Und Spott und Hohn geißeln die, die sich im Einsturz des Hauses noch im Fallen an einzelne Balken klammerten »& lobten die pläne der architekten« (Yaak Karsunke).

Das ausdrücklich *Utopia* betitelte Gedicht Harald Gerlachs verschränkt mit abkürzenden Anspielungen Erinnerung und Enttäuschung, Vergangenes und Gegenwärtiges aus deutscher Geschichte. Friedrich Hölderlins Sinnen und Trachten werden zitiert, der Traum von einer Republik, in der anderes gelten sollte, als was er in seinem Roman Hyperion an Bellarmin schreiben ließ (*Hyperion* II 2):

> So kam ich unter die Deutschen. Ich forderte nicht viel und war gefaßt, noch weniger zu finden. [...] Es ist ein hartes Wort und dennoch sag ich's, weil es Wahrheit ist: ich kann kein Volk mir denken, das zerrissner wäre wie die Deutschen. Handwerker siehst du, aber keine Menschen, Denker, aber keine Menschen, Priester, aber keine Menschen, Herrn und Knechte, Jungen und gesetzte Leute, aber keine Menschen –.

In Gerlachs Gedicht scheitert »Utopia« nicht an ihrem menschenfeindlichen Totalitarismus, sondern an dem, worüber einst schon Hölderlin klagte und dem der heute Sprechende nur die allgegenwärtigen Embleme deutscher Kommerzialisierung zugesellen muß: »Handwerker fand ich ... Allianzversichert.« Bitterer Gruß an Hölderlin, der manche seiner späten Texte mit »Scardanelli« unterzeichnete: »Shake hands, Scardanelli.« – Auch dies, nebenbei bemerkt, ein Gedicht über die Frage nach dem *Sinn* der deutschen Einheit.

9.

Ist es erlaubt, zwischen der Idee des Sozialismus und dem gescheiterten Versuch seiner Verwirklichung zu unterscheiden? Schon die bloße Frage kann eruptive Verwerfungen in aktuellen Gesprächen hervorbringen. Über ihre Beantwortung dürfte heutzutage keine Einigung zu erreichen sein. Und doch ist es wichtig, Klärungen zu versuchen, und zwar sowohl in allgemeiner Hinsicht als auch und besonders wegen der Lebensgeschichte vieler Menschen dieses Jahrhunderts, die phasenweise oder für dauernd einer Idee angehangen haben, die ein für allemal abzulehnen in Anbetracht des in ihrem Namen Geschehenen nur zu verständlich ist. Auch in wenigen Strichen lassen sich einige klare Grundlinien ziehen.

Es kann nicht bestritten werden, daß es – um die Floskel zu gebrauchen – humanistische Intentionen waren, die sozialistische Ideen hervorbrachten. Alle Zustände zu beseitigen, die den Menschen zu einem geknechteten, erniedrigten Wesen machen, war das in vielen Variationen beschriebene Ziel. Für Marx und andere waren es vor allem die Produktions- und Besitzverhältnisse, die für die Misere verantwortlich gemacht wurden. Was immer er und andere konzipierten, sollte helfen, den Menschen aus seiner Entfremdung hinauszuführen und ihm Möglichkeiten zu freier Selbstverwirklichung zu eröffnen.

Wo in anderen Bereichen und Zusammenhängen über Ideen und ihre Verwirklichungsversuche gehandelt wird, pflegt beides auseinandergehalten, jedenfalls nicht sogleich als identisch registriert zu werden. Die physischen und geistigen Greueltaten, Jahrhunderte hindurch im Namen des christlichen Gottes verübt, werden nicht ohne weiteres der christlichen Glaubenslehre zugerechnet. – Im April 1989 erhielt Jens Jessen, der Preisträger des ›Curtius-Förderpreises‹, Beifall (zu Recht), weil er Friedrich Dürrenmatt, der den Deutschen quittiert hatte, ihnen sei wegen ihrer Geschichte Patriotismus eigentlich nicht mehr erlaubt, mit folgender Argumentation widersprach: »Aus der Beobachtung, daß Patriotismus und Heimatgefühl einmal, meinetwegen zweimal oder dreimal mißbraucht wurden, läßt sich nicht ableiten, daß sie mit Notwendigkeit immer mißbraucht werden. Aus einem Mißbrauch läßt sich überhaupt nicht auf den Gegenstand des Mißbrauchs schließen.« Ist diese Beweisführung stichhaltig – und wer könnte sie widerlegen? –, dann muß sie allerseits gelten, auch bei der Beurteilung der Idee des Sozialismus und der Versuche ihrer Realisierung. In solchem Sinn ist Uwe Wesels Diagnose zu verstehen: »Die Idee des Sozialismus ist nicht gescheitert. Gescheitert ist eine bestimmte Art von Sozialismus, nämlich staatliche Planwirtschaft und Einparteienherrschaft« (*Kursbuch* 100, Juni 1990).

Bleibt selbstverständlich, wie schon früher betont, hier wie überall die beständige Prüfung gefordert, ob und wo im Ideenkomplex, in Glaubenslehren selbst schon die Keime für mögliche schlimme Praxis eingekapselt sind. Ausnahmslos dürfte sich ergeben, daß immer dort katastrophale Folgen zu beklagen sind, wo letztgültige Wahrheiten behauptet werden und deren Statthalter daraus das Recht ableiten, sie notfalls auch mit Gewalt durchzusetzen. Wie dann überhaupt legitime Macht und Machtausübung begründet werden können, wie sich also die *volonté de tous* (der tatsächliche Willen aller, der Bevölkerung) erkennen und auf plausible Weise artikulieren läßt (etwa durch freie Wahlen) und wie die Anmaßungen zu zähmen sind, die sich auf eine angeblich vorhandene und erkannte *volonté générale* (einen ›eigentlichen‹ allgemeinen Willen) berufen: das sind Probleme, die weit über unsere Überlegungen hinausreichen und schon vor Jahrhunderten, gerade auch im Zusammenhang mit der Französischen Revolution, Philosophen und Staatsrechtler gleichermaßen beschäftigt und beunruhigt haben. Eins scheint indes, trotz der in manchen Gegenden unserer Welt herrschenden Zustände, nicht länger bezweifelt werden zu können: Nur das schwierige, hochkomplizierte Verfahren des Ausgleichens, des Austarierens der Ansprüche divergierender Interessen und Wertmaßstäbe, das ohne die Bereitschaft zu Kompromissen freilich zum Scheitern verdammt ist, vermag vor Willkür und Unterdrückung zu bewahren.

Um einer wichtigen, aber gern unterschlagenen oder gar geleugneten Unterscheidung willen ist es auch angebracht, an dieser Stelle die energischen Formulierungen zu zitieren, auf die Hilde Spiel, die im November 1990 verstorbene österreichische Schriftstellerin und Journalistin, im zweiten Band ihrer Memoiren Wert legte: »daß am Urgrund der marxistischen Lehre ein Wunsch nach ›sozialer Gerechtigkeit‹, an dem der nationalsozialistischen Bewegung ein inhumaner Herrschaftsanspruch liegt«. Sogleich fügte sie aber den Satz an, der nicht überlesen werden darf: »Damit ist freilich nichts entschuldigt, was in beider Namen geschehen ist.« Sie zögerte 1990 ebenfalls nicht zu versichern, und zwar in Erinnerung an einen »Sozialismus mit menschlichem Antlitz«, den sie nach dem Ersten Weltkrieg im Rahmen einer »roten« Stadtverwaltung in Wien erlebt habe: »Keine neue Parole von einem ›Kapitalismus mit menschlichem Antlitz‹ wird mich von der höheren Ethik einer rein marktwirtschaftlich ausgerichteten Gesellschaftsordnung überzeugen« (*Welche Welt ist meine Welt?*, 1990).

Die Anziehungskraft sozialistischer Ideen ist unterschiedlich stark (gewesen), und natürlich hat es immer entschiedene Gegner gegeben, die schon deren Grundannahmen für falsch hielten. Auch viele der Autoren, die früh oder erst später die DDR verließen oder ausgebürgert wurden, waren anfangs überzeugte Parteigänger des Sozialismus; denn sie waren sicher (Schwankungen inbegriffen), sich damit für humanistische, antifaschistische Ideale einzusetzen. Manche haben bis zum Schluß geglaubt, in dem – was die ideellen Prinzipien betrifft – besseren deutschen Land zu leben. Jeder Lebensweg weist seine eigene Richtung auf, seine besonderen Windungen und Kehren. So wird auch jeder seine eigenen Bewertungen einbringen: über den Ideenbereich des Sozialismus und seine Pervertierung in der Praxis und über das persönlich gelebte Leben, über Verstrickungen und Schuld, die eigenen und auch die anderer. Die Gedichtsammlung enthält Beispiele, gerade in den Stücken, die Texte der Selbstreflexion und der Selbstvergewisserung des eigenen Standes in dieser deutschen Wendezeit sind.

Ferner: Wer erfahren hat, wie er vom Staatssicherheitsdienst der DDR, seinen Mitarbeitern und Helfershelfern, zeitweilig oder permanent bespitzelt worden ist (Methoden und Wirkungen sind aktenkundig und nicht nur in den Berichten Reiner Kunzes, Erich Loests und L. Wawrzyns zu studieren), wer verfolgt und gequält worden ist, wem als ›Staatsfeind‹, ›Klassenfeind‹, ›Agent einer feindlichen Macht‹ der Prozeß gemacht, wer wegen politischer Unbotmäßigkeit benachteiligt worden ist, wer deshalb Gefängnisstrafen erlitten hat, wer mit der DDR-Ideologie und ihrer Republik gebrochen und dem ›Arbeiter- und Bauern-Staat‹ den Rücken gekehrt hat: jeder einzelne wird, gemäß seiner Biographie und Einsicht, eine eigene Einschätzung des Geschehenen und der – so oder so – Mitwirkenden ausbilden. Voneinander abweichende Beurteilungen bleiben dabei nicht aus; heftige Dispute sind längst entbrannt. Westdeutschen kann es übrigens nicht verwehrt sein, sich einzumischen. Meinungsfreiheit und öffentliches Räsonieren lassen sich keinen Zwang anlegen. Fall für Fall sind da die Kontroversen auszutragen (und auszuhalten, so schwer es gelegentlich sein mag). Daß mit der Preßfreiheit allemal auch die Preßfrechheit einhergeht, wußte allerdings schon der alte Goethe.

10.

In nicht wenigen Gedichten der in diesem Band versammelten Autoren aus Ost und West mischen sich Rückblicke, Erwartungen und Hoffnungen mit Ernüchterung und offener Enttäuschung. Immer noch ist Zwischenzeit. Dabei spielt es eine geringe Rolle, in welchem Teil Deutschlands die Gedichte geschrieben sind. Selbstsicherheit ist nicht angesagt. Das erste Gedicht kann als Motto figurieren: »Was hinter uns liegt,/Wissen wir. Was vor uns liegt,/Wird uns unbekannt bleiben,/Bis wir es/Hinter uns haben.« In anderen *Fragmenten* hat Heinz Czechowski, der ›In diesem besseren Land‹ DDR sich zum skeptischen Kritiker der ihn umgebenden Zustände auch erst wandeln mußte, im Dezember 1989 Verse notiert, deren Andeutungen von irritierender Reserve gegenüber dem sind, was sich vollzieht, und offen für beklemmende Assoziationen. Von der Glorie des Rufs »Wir sind das Volk« ist nur ein Schemen geblieben: »Wenn die Zukunft/Schon hinter uns liegt, blüht/Die Vergangenheit auf/Als Erinnerung an Utopia./Während das Volk/Sich als Volk deklariert/Und das Blut/Aufs Gerüst steigt.« – Der Karlsruher Walter Helmut Fritz fragt, das Paradox zum Stachel des Nachdenkens nutzend: warum der Weg erst beginne, wenn man das Ziel endlich erreicht hat. – In der Übergangs- und Zwischenzeit, die noch ungelösten Probleme vor Augen, muß sich auch der, der auf Gegenkurs steuerte und dem Staatssicherheitsdienst ein lohnendes Objekt war, zur Zuversicht förmlich zwingen. Denn verbürgt ist noch zu wenig. Lutz Rathenow spricht es in epigrammatischer Pointierung aus und holt in die erste Zeile seines Gedichts *Deutschland* mit der eigentlich widersinnigen Verschränkung der bekannten Formeln ›Grüß Gott‹, ›Sieg Heil‹, ›Rotfront‹ irrlichternde Chiffren für die bisweilen absurde Gemengelage deutscher Geschichte und deutschen Geistes (in: *Grenzfallgedichte*, hg. v. Anna Chiarloni u. Helga Pankoke, 1991):

GrüßHeil SiegFront RotGott.
Ich liebe Herren, die Hunde beißen.
Hammer zerschlug Sichel. Ährenkranz
Totentanz. Und nun das D-Mark-Leben.
Ich spiele gern. Neuer Staat neues Gedicht
– ich zwinge mich zur Zuversicht.

Poeten leben mit Literatur, und wenn sie nach Auskünften über sich und ihre Zeit suchen, steht ihnen auch ihr Arsenal literarischer Erinnerungen zur Verfügung. Anspielungen, offene und verdeckte, flechten sie dann gelegentlich in ihre Texte ein. Nur soviel hier, nachdem ich über Hölderlin-Scardanelli in Gerlachs Gedicht *Utopia* schon berichtet habe: Bernd Jentzsch arbeitet in seinem *Selbstporträt* am Schluß ebenfalls mit einem in bezeichnender Akzentuierung abgewandelten Hölderlin-Zitat. Ein Gedicht auch über »Zeitvergehn«, wo »die Dritte« (der Schicksalsgöttinnen Klotho, Lachesis und Atropos) schon die Schere hält, den Lebensfaden zu zerschneiden. Unter Hölderlins Bruchstücken finden sich die Zeilen »Aber/Schön ist's, die Seele/Zu entfalten und das kurze Leben«, während der Lyriker des Jahres 1992, dieser Zeit eingedenk, variiert: »das würdige/verletzte Leben«. – Annerose Kirchners Schlußzeilen »Mein Körper stirbt,/bedeckt vom Sand der Urnen« (*Halbzeit*) wecken die Erinnerung an Paul Celans Gedicht *Der Sand aus den Urnen* in seinem Band *Mohn und Gedächtnis* von 1952, das mit dem Vers beginnt »Schimmelgrün ist das Haus des Vergessens« und mit dem Satz schließt »Du füllst hier die Urnen und speisest dein Herz«. – Und Heiner Müllers *Glückloser Engel 2* verweist zum einen auf einen eigenen Text *Der glücklose Engel*, der noch in die Zeit vor 1959 gehört und in dem Band *Gedichte* von 1992 dort eingruppiert ist, zum andern mit der Gestalt des Engels auf Walter Benjamins späte Thesen »Über den Begriff der Geschichte«. Heiner Müllers früher Text lautet:

DER GLÜCKLOSE ENGEL. Hinter ihm schwemmt Vergangenheit an, schüttet Geröll auf Flügel und Schultern, mit Lärm wie von begrabnen Trommeln, während vor ihm sich die Zukunft staut, seine Augen eindrückt, die Augäpfel sprengt wie ein Stern, das Wort umdreht zum tönenden Knebel, ihn würgt mit seinem Atem. Eine Zeit lang sieht man noch sein Flügelschlagen, hört in das Rauschen die Steinschläge vor über hinter ihm niedergehn, lauter je heftiger die vergebliche Bewegung, vereinzelt, wenn sie langsamer wird. Dann schließt sich über ihm der Augenblick: auf dem schnell verschütteten Stehplatz kommt der glücklose Engel zur Ruhe, wartend auf Geschichte in der Versteinerung von Flug Blick Atem. Bis das erneute Rauschen mächtiger Flügelschläge sich in Wellen durch den Stein fortpflanzt und seinen Flug anzeigt.

Unverkennbar ist die Beziehung zu Walter Benjamins »grundsätzlicher Reflexion über das Wesen der geschichtlichen Zeit und die Aufgaben des materialistischen Historikers« (Bernd Witte), wie sie in dem letzten von ihm geschriebenen Text, den Thesen »Über den Begriff der Geschichte« vorliegt, wo politisches und religiöses Denken über das Weltgericht verschmelzen. Der berühmt gewordene Passus lautet:

Es gibt ein Bild von [Paul] Klee [1920], das Angelus Novus heißt. Ein Engel ist darauf dargestellt, der aussieht, als wäre er im Begriff, sich von etwas zu entfernen, worauf er starrt. Seine Augen sind aufgerissen, sein Mund steht offen und seine Flügel sind ausgespannt. Der Engel der Geschichte muß so aussehen. Er hat das Antlitz der

Vergangenheit zugewendet. Wo eine Kette von Begebenheiten vor uns erscheint, da sieht er eine einzige Katastrophe, die unablässig Trümmer auf Trümmer häuft und sie ihm vor die Füße schleudert. Er möchte wohl verweilen, die Toten wecken und das Zerschlagene zusammenfügen. Aber ein Sturm weht vom Paradiese her, der sich in seinen Flügeln verfangen hat und so stark ist, daß der Engel sie nicht mehr schließen kann. Dieser Sturm treibt ihn unaufhaltsam in die Zukunft, der er den Rücken kehrt, während der Trümmerhaufen vor ihm zum Himmel wächst. Das, was wir den Fortschritt nennen, ist dieser Sturm.

Den Tiefgang dieser philosophischen Betrachtung auszuloten bedürfte es vieler Seiten. Hier sei nur aus Bernd Wittes Monographie zitiert: »Dieses Bild zeigt den rückwärtsgewandten Historiker als einen, der das Scheitern der Geschichte wahrnimmt, und als einen, der selber scheitert. Dennoch bleibt ihm die Hoffnung« (*Walter Benjamin*, 1985). In Heiner Müllers zweitem Gedicht aus der Zeit nach 1989 hat der Engel der Geschichte, der nur noch zu hören ist, »kein Gesicht mehr als/Deines das ich nicht kenne«. Am Ende seiner auf Band gesprochenen Autobiographie *Krieg ohne Schlacht. Leben in zwei Diktaturen* (1992) wird Müller gefragt: »Wie denkst du heute, Anfang 1992, an diesen verschwindenden Staat?« Antwort: »Es ist ein Privileg für einen Autor, in einem Leben drei Staaten untergehen zu sehen. Die Weimarer Republik, den faschistischen Staat und die DDR. Den Untergang der Bundesrepublik Deutschland werde ich wohl nicht mehr erleben. – *Also kein Phantomschmerz bei Heiner Müller...* ›Wie früher Geister kamen aus Vergangenheit/so jetzt aus Zukunft ebenso.‹ «

Auf ein anderes Gedicht muß noch etwas näher eingegangen werden, wegen der weitgestreuten Beachtung, die es bereits gefunden hat: Volker Brauns *Das Eigentum*. Nach seinem Erscheinen (*Neues Deutschland*, 4./5.8.1990; *Die Zeit*, 10.8.1990) ist es mehrfach nachgedruckt worden und hat lebhafte Diskussionen ausgelöst; denn es provoziert auf vielfache Weise. Die Thematik insgesamt und die mehrsinnigen Anspielungen und Verschränkungen in der kalkulierten Dichte der Gedichtsprache verlocken zum Zuspruch oder reizen zum Widerspruch, je nach Standort des Lesers: »mein Land geht in den Westen«, die Rede vom »Eigentum«, die Zeile »Krieg den Hütten Friede den Palästen« und weiteres. Kein Zweifel, Volker Braun ist als bekannter DDR-Autor für die Verwirklichung eines Sozialismus eingetreten, weil er, marxistische Analysen und Vorgaben ernst nehmend, in ihm die menschenwürdige Gesellschaftsform erkannte und erhoffte. Seine Sicht auf einen Sozialismus, der seinen humanistischen Ursprüngen entsprach, schloß von früh an den Blick auf den wirklichen Menschen ein, den die aufschönenden Politparolen geradezu verschwinden machten. Von den realen Bedingungen müsse der Sozialismus ausgehen, nicht von den gewünschten oder schon als erreicht behaupteten und plakativ verkündeten. Seine Theaterstücke führten das vor und erregten folgerichtig Anstoß bei politischen Doktrinären. Bernd Allenstein und Manfred Behn betonen im *Kritischen Lexikon zur deutschsprachigen Gegenwartsliteratur*, daß die Entwicklung Volker Brauns »immer in Konfrontation zur Kulturpolitik zu lesen« sei, und heben an seiner Lyrik hervor: »In Bildüberlagerungen geschieht die lyrische Ausformung der Diskrepanz zwischen Subjektivität und dem gesellschaftlichen Anspruch, gleichzeitig aber auch – in der späteren Lyrik nach 1970 – die Darstellung von Überwindungsstrategien.«

Auch sein Gedicht von 1990 richtet scharf den Blick auf die realen Bedingungen, wirft Kernfragen auf, die sich aus gegenwärtigen Vorgängen ergeben, und artikuliert, worüber ein Mensch nachzudenken gedrängt wird, für den Brechts Überzeugung, »daß die Wurzel aller Übel unsere Eigentumsverhältnisse« seien, gewiß keine beiläufige Floskel war und der zugleich gesehen hatte, welches Schindluder mit der Behauptung vom Volkseigentum getrieben wurde in einem Staatsgebilde, das gerade auch deshalb zusammenbrach, weil es unfähig war, elementare Bedürfnisse der Menschen zu befriedigen. Trotz allem war Volker Braun dort geblieben und hatte sich dürftigen Trost zugesprochen in Versen wie diesen: »Ich bleib im Land und nähre mich im Osten./Mit meinen Sprüchen, die mich den Kragen kosten/In anderer Zeit: noch bin ich auf dem Posten.« Noch am 11./12. November 1989 gab er (im *Neuen Deutschland*) kaum mehr zeitgemäßen Erwartungen Ausdruck: »VOLKSEIGENTUM PLUS DEMOKRATIE, das ist noch nicht probiert, noch nirgends in der Welt. Das wird man meinen, wenn man sagt: made in GDR. DIE VERFÜGUNGSGEWALT DER PRODUZENTEN.« Und am 8. Dezember 1989 brach er an gleicher Stelle eine Lanze für »die Macht der Räte«,die nun an der Zeit wäre: »sie hätte heute das Gemeineigentum als gewaltige Stütze: wenn es verfügbar gemacht würde.« Das mußte, beim Anblick des Zustands jenes ›Gemeineigentums‹ selbst, nichts als schöne Rhetorik bleiben.

Mühelos ist solcher Literatur vorzuhalten, sie sei noch in ihrem kritischen Potential (das ihr auch abgestritten werden kann) indirekt eine Stütze des SED-Staats gewesen, habe Illusionen geweckt und wachgehalten, wo doch nur Radikalablehnung angebracht sei. Die Diagnose Uwe Kolbes, der Ost-Berlin verließ und seit dem Sommer 1988 in Hamburg lebt, hat gewiß ihre Plausibilität: Volker Braun sei ein Kritiker der Verhältnisse gewesen, »der dabei sehr wohl seine Funktion erfüllte als Selbstkritiker der Einheitspartei«. Darin hätte sich das Selbstverständnis einer gewissen intellektuellen Schicht im Realsozialismus ausgedrückt, die »als selbstkritische Instanz Teil des geistigen Ringelreihens um die Macht herum« war (*Neue Rundschau* 101, 1990, H. 4). Aber es ist weder zu beweisen noch zu widerlegen, ob ›kritische‹, freilich auf die Idee des Sozialismus und eines eigenen Staats nicht verzichtende Literatur das Unterdrückungsregime stabilisiert oder (in kleinen Kreisen) Kritikfähigkeit und energischen Umgestaltungswillen mobilisiert hat.

In Großbuchstaben setzt Braun die zweite Zeile seines Gedichts: ›KRIEG DEN HÜTTEN FRIEDE DEN PALÄSTEN.‹ Eine dezidiert polemische Zeile, die wie ein Menetekel dasteht und allen zur Mahnung dienen muß: daß eben das nicht geschehen darf im Vollzug der Wende, an deren Beginn der Ruf erscholl »Wir sind das Volk«. Es ist die Umkehrung einer berühmten Formulierung. Georg Büchner hat sie 1834 über die Flugschrift *Der Hessische Landbote* gerückt: »Friede den Hütten! Krieg den Palästen!« Sie stammt ihrerseits aus der Französischen Revolution; Nicolas Chamfort soll den Ausruf den Soldaten der Revolutionsheere als Wahlspruch vorgeschlagen haben.

Gewiß hat es das 1990er Gedicht Volker Brauns mit Eigentum in ökonomischem Sinn zu tun und mit Eigentumsverhältnissen insgesamt. Aber sein Sinnhorizont ist weiter gespannt. Wieder einmal klingt Hölderlin an, nicht nur dessen großes Gedicht *Mein Eigentum*, das mit der Strophe schließt: »Ihr segnet gütig über den Sterblichen,/Ihr Himmelskräfte! jedem sein Eigentum,/O segnet meines auch, und daß zu/Frühe die Parze den Traum nicht ende.« Schon zu Anfang der 70er Jahre hatte Volker Braun ein Gedicht *An Friedrich Hölderlin* geschrieben, in dem er an dessen Hoffnungen anknüpfte, um sie sozusagen heimzuholen in eine ideale sozialistische Demokratie. Auf solchen Gesamtkontext macht Dieter Schlenstedt in einem Aufsatz über die Rezeption von Brauns neuem Gedicht aufmerksam und gibt zu bedenken, daß ›Eigentum‹ infolgedessen »zugleich Dimensionen einer poetischen Landschaft aufruft, einer bergenden Heimat [...]; daß so des Gedichts konstatierender Satz, ein nie erlangtes Eigentum sei verloren, sehr viel Verzweifelteres in sich trägt als die Klage über den Verlust einer – im Oktober 1989 nahe scheinenden, bald als nur illusionäre Idee erwiesenen – Möglichkeit, das in sozialistischer Entfremdung gebliebene Volkseigentum an Produktionsmitteln in einer demokratischen Gesellschaftsform freizusetzen« (*neue deutsche literatur* 40, 1992, H. 12).

Wie aber lesen sich solche Verse und Erläuterungen aus der Sicht derer, die das Wort Heimat, verschwendet an eine bestimmte Deutsche Demokratische Republik, wie blanker Hohn und hochmütiger Zynismus anmuten muß, weil ihnen das damit Gemeinte dort nie zuteil geworden ist, auch nicht in der Idee, oder weil sie dort nicht länger atmen konnten und das Land verließen oder gar heimatlos gemacht wurden: Hans-Jürgen Heise, Reiner Kunze, Günter Kunert, Erich Loest, Sarah Kirsch, Wolf Biermann, Ulrich Schacht und die andern? »Aber/nirgends ist Nähe/so fern«, schloß ein früheres Gedicht Ulrich Schachts (*Am Mechower See*, in: *Scherbenspur*, 1983), während nun 1990 Reiner Kunzes *Mit dieser fahne schon* (im vorliegenden Band) die Zuversicht einer Ankunft im vereinigten Land zu benennen und zu bekennen vermag.

So ist diese Sammlung durchzogen von Spannungen, denen die Leser ausgesetzt werden. Wird das Ende der deutschen Wendezeit vielleicht auch dadurch markiert sein, daß Spannungen ähnlicher Art, ohne einfach verschwunden zu sein, in einem Gemeinwesen deutscher Einheit aufgehoben sind, in dem Volker Brauns »utopisierendes Denken aus Not« (D. Schlenstedt) und Reiner Kunzes Zuversicht gemeinsame Sache machen können? –

Es war der Monat November, als 1989 die ›friedliche Revolution‹ Geschwindigkeit aufnahm, und der 9. November mit der Öffnung der Grenze ist historisches Datum geworden. Mehrere Gedichte sind jenem Monat und Datum gewidmet. Der 9. November ist beladen und belastet mit deutscher Geschichte. »Guten Abend / Deutschland Der Rütlischwur nahe / der Feldherrnhalle Eher den Tod als ... / November der neunte paßt gut ins BILD«. In dem *Notat* Edwin Wolfram Dahls sind in der Art der Collage Bruchstücke aus dem geistigen Haushalt der Deutschen, aus der politischen Geschichte und der gegenwärtigen Realität übergangslos zusammengefügt und damit Mehrdeutigkeiten zu scharfem Gleißen gebracht. Schiller läßt in seinem Schauspiel *Wilhelm Tell* den Rütlischwur sprechen: »Wir wollen sein ein einzig Volk von Brüdern [...]. Eher den Tod, als in der Knechtschaft leben.« In der späteren Phase des ›Dritten Reichs‹ durfte dieses Stück,solcher Bekenntnisse wegen, nicht mehr aufgeführt werden. – 9. November 1918: Revolution in Berlin, Ausrufung der Republik (gleich zweimal: Philipp Scheidemann [SPD] vom Reichstag aus, Karl Liebknecht [Spartakusbund] vom Balkon des Berliner Schlosses aus [eine »freie sozialistische Republik«]). – 9. November 1923: Putschversuch Hitlers und Ludendorffs in München; beim Marsch auf die Feldherrnhalle wird der Demonstrationszug durch Maschinengewehrfeuer zerstreut, es gibt Tote und Verletzte; sie galten als Märtyrer der nationalsozialistischen Bewegung. – 9. November 1938: Ausschreitungen im Deutschen Reich gegen jüdische Bürger und ihre Geschäfte, wofür der zynische Ausdruck ›Reichskristallnacht‹ geprägt wurde. – 9. November 1989: »Keiner ist einsam alle sind fröhlich./Um uns zerfällt eine Mauer aus Stein« (Michael Wildenhain).

11.

Mit der Wende sind nicht nur die von den Bürgerrechtlern erhofften demokratischen Freiheiten in die DDR und die neuen Bundesländer eingezogen, sondern auch alle Gaben und Zugaben der von vielen begehrten Marktwirtschaft haben sich eingestellt. Das freie Wirtschaften, durch die Komponente des Sozialen in Verpflichtungen eingebunden, hat Initiativen und Aktivitäten ausgelöst und zugleich schwere Verletzungen und Irritationen verursacht. Der ökonomische Umstellungsprozeß, dessen Ende noch nicht abzusehen ist, wird von ungeahnten Reibungsverlusten begleitet. Die totale Kommerzialisierung, bei der alles zur Ware wird, hat so um sich gegriffen, daß manche Oppositionelle von früher inzwischen resigniert haben. Jene gehört samt dem Streben nach Profitmaximierung offensichtlich zum herrschenden Wirtschaftssystem und seinen Antriebskräften, das sich um soviel effektiver als das zugrundegegangene erwiesen hat. Ein Max Frisch ließ in den letzten Jahren seines Lebens indes nicht nach, die Folgen anzuprangern, die unausweichlich scheinen, wenn eine Gesellschaft nur noch »darauf besteht: Vernünftig ist, was rentiert« (Am Ende der Aufklärung steht das Goldene Kalb, in: *Schweiz als Heimat?*, 1990).

Jener Ausspruch »Leistung muß sich wieder lohnen«, vor einigen Jahren vornehmlich von Politikern in Umlauf gebracht, deren Klientel die Inhaber von Kapital, Geld und Arbeit sind, klingt auch in der alten Bundesrepublik denen wie Spott und Verachtung in den Ohren, die durchaus leistungsfähig und leistungswillig sind, aber keinen Platz (mehr) finden, es beweisen zu können. Ein unverdächtiger, aber kompetenter Zeuge, der Zürcher Soziologieprofessor Gerhard Schmidtchen, äußerte als Gastdozent in Leipzig im Herbst 1991 (die Warnung »Pessimismus ist nicht das ganze Bild« dabei ebenfalls einbringend): »Die gegenwärtigen Schwierigkeiten in den neuen Bundesländern sind nicht umstandslos auf den Sozialismus zurückzuführen, sondern auch auf die Art und Weise, wie wir mit der übernommenen Substanz und der geistigen Situation umgehen« (Die Ostdeutschen als Fremde in ihrem eigenen Land, *Frankfurter Rundschau*, 9.9.1991).

Lyriker registrieren die Auswirkungen solcher Befunde und drücken individuelle Stimmungen, Störungen, Beklemmungen in der Wendewelt aus, in beiden Teilen Deutschlands. Der Darmstädter Senior Karl Krolow beleuchtet die Folgen des »Denkens in Immobilien« nicht minder scharf als manche Jüngere. Sie suchen alle mit den Mitteln ihrer auf identifizierende Genauigkeit dringenden Sprache Phänomenen der Unsicherheit, des Zweifelns und neu wuchernder Fremdheiten unter den Menschen und Selbstentfremdungen auf die Spur zu kommen. Und diese gehen mit denen, die aus den Stasi-Bespitzelungen und ihren oftmals schockierenden Entlarvungen herrühren, eine schlimme Symbiose ein.

Ins Jahr 1964 gehört Reiner Kunzes *Düsseldorfer impromptu*, noch aus der Sicht der DDR geschrieben und ohne Bewunderung für das westliche deutsche Land:

Der himmel zieht die erde an
wie geld geld

Bäume aus
glas und stahl, morgens
voll glühender früchte

Der mensch
ist dem menschen
ein ellenbogen.

Aus Gedichten unserer Sammlung ist die Sorge herauszulesen, es könne sich solche Ellenbogenmentalität als die eigentlich erfolgversprechende auf Dauer behaupten. So bleibt im Blick auf die sich so erfolg- und siegreich präsentierende kapitalistische Marktwirtschaftsordnung zu wünschen, daß auch gegenüber deren Programmen und ihrer Wirklichkeit Literatur sich neben allem, wozu das ästhetische Eigenrecht sie ermächtigt, immerfort als ein Organ der kritischen Nachfrage versteht und damit – Sprachspiele hin,

Sprachspiele her – als Anwalt der Opfer und Beschädigten jeglicher Zustände und Entwicklungen.

12.

Die Textsammlung wird abgerundet durch vier ältere Gedichte, die das Thema Deutschland umkreisen und sich auch parodierende Variationen mit Zeilen aus den Nationalhymnen und bekannter deutscher Lyrik erlauben. Für das vereinigte Deutschland gilt, wie bekannt, als verbindlicher Text der Nationalhymne die dritte Strophe jenes *Lieds der Deutschen,* das August Heinrich Hoffmann, der sich nach seinem Geburtsort ›von Fallersleben‹ nannte, am 26. August 1841 auf der Insel Helgoland geschrieben hat, in Sehnsucht nach der Einheit der Deutschen: »Einigkeit und Recht und Freiheit/Für das deutsche Vaterland!/Danach laßt uns alle streben/Brüderlich mit Herz und Hand! ...« Nach dem, was in deutschem Namen geschehen und mit dem ›Deutschlandlied‹ – zudem im Verbund mit dem ›Horst-Wessel-Lied‹ (»Die Fahne hoch ...«) – besungen worden ist, können alle drei Strophen Hoffmanns nicht mehr als offizielle Hymne beansprucht werden. 1949, nach der Gründung der Bundesrepublik Deutschland und der Deutschen Demokratischen Republik, stellte sich rasch die Frage, welche Melodie und welcher Text für eine ›Nationalhymne‹ geeignet sein könnten. Theodor Heuss, der damalige Bundespräsident, wünschte einen neuen Text und eine neue Melodie; Rudolf Alexander Schröder (1878-1962) und der Komponist Hermann Reutter (1900-1985) legten auch eine *Hymne* mit zugehöriger Melodie vor (»Land des Glaubens, deutsches Land ...«), aber Heuss konnte sich nicht durchsetzen: In fast handstreichartiger Manier gelang es Bundeskanzler Konrad Adenauer, vollendete Tatsachen zu schaffen und das alte

›Deutschlandlied‹ Hoffmanns von Fallersleben wieder als Nationalhymne zu etablieren. Es sollte jedoch bei staatlichen Veranstaltungen lediglich die dritte Strophe gesungen werden. Wenigstens verzichtete man also auf die beiden ersten Strophen (mit dem Beginn »Deutschland, Deutschland über alles«), die vielen denn doch als zu anstößig galten. In der Tat kann es Texten widerfahren, daß sie im Dienst unlauterer Zwecke vernutzt werden; nur Toren oder Leute, die Schlimmeres beabsichtigen, können die öffentliche Reaktivierung von solcherart verschlissenen Texten wünschen, für deren Mißbrauch überdies in ihnen selbst Keime (wenn nicht mehr) zu entdecken sind. Und wie muß eigentlich den Menschen in jenen Gebieten, die einst von deutschen Truppen besetzt waren, zumute sein, wenn wieder wie damals mit schmetterndem Spiel das ›Deutschlandlied‹ intoniert wird? (Der Streit um die Hymne der BRD ist – mit weiterer Literatur – dokumentiert in: Heuss – Adenauer, *Unserem Vaterlande zugute*. Der Briefwechsel 1948-1963, hg. v. Hans Peter Mensing, 1989.) Bis 1952 die alte Hymne wieder zugelassen war, behalf man sich und führte bei entsprechenden Anlässen gern die Musik des Schlußchors aus Beethovens 9. Sinfonie mit den Versen aus Schillers Gedicht *An die Freude* auf (»Freude, schöner Götterfunken ...«).

Die DDR-Führung entschied sich für Johannes R. Bechers Hymne »Auferstanden aus Ruinen/Und der Zukunft zugewandt,/Laß uns dir zum Guten dienen,/Deutschland, einig Vaterland ...« mit der Musik von Hanns Eisler. Weil diese Verse den Gedanken der Einigung Deutschlands bewahren, wurden sie, wie schon erwähnt, seit Anfang der 70er Jahre nicht mehr gesungen; die DDR präsentierte sich offiziell nur noch mit der Eislerschen Musik.

Probleme mit Text und Musik ihrer Nationalhymnen haben nachdenkliche Menschen wohl auch in anderen Ländern. Für Deutschland kann man eine ganze »Textgeschichte der wichtigsten deutschsprachigen Hymnen und einiger patriotischer Lieder« dokumentieren (Hermann Kurzke, *Hymnen und Lieder der Deutschen*, 1990). Wer aber will ernsthaft bestreiten, daß sich Bertolt Brechts *Kinderhymne* aus den *Kinderliedern* von 1950 mit ihren auffordernden und bekräftigenden Aussagen vortrefflich als Text einer Nationalhymne (wenn es denn schon eine geben muß) eignen würde? Sie könnte übrigens sowohl auf Joseph Haydns Melodie des ›Deutschlandlieds‹ als auch auf Hanns Eislers Komposition gesungen werden.

Seinem *Verbotenen Lied*, in dem Teile aus den Gedichten Hoffmanns, Bechers und Brechts zusammengefügt sind, setzte Bernd Jentzsch 1978 mit Bedacht die Erläuterung hinzu, daß es sich um die Montage von Zitaten aus früher oder damals verbotenen ›Deutschlandliedern‹ handelte. Auch Kurt Bartsch montierte Bruchstücke: aus Bechers Hymne, aus Hoffmanns *Lied der Deutschen*, aus Schillers *An die Freude* und aus Goethes Ballade *Der Zauberlehrling*, und vereinte in der Zeit der Teilung alles unter der ironischen Überschrift *Liedervereinigung*.

Das Schlußgedicht, das Eva Strittmatter im Oktober 1971 als damals 41jährige Bürgerin der DDR schrieb, ist heute (1993) von einer bewegenden, beklemmenden Aktualität: Die Zerrissenheit Deutschlands ist noch nicht überwunden, auch wenn wir alle dieselben Pässe unser eigen nennen, und die Verletzungen, die viele, jede und jeder auf ihre Weise, davongetragen haben, sind noch nicht verheilt.

Zur Entstehung des vorliegenden Buchs noch dies: Als Siegfried Unseld an der Jahreswende 1992/1993 mein kurzes Funkmanuskript »Gedichte zur deutschen Wende« kennengelernt hatte, schlug er vor, in seinem Verlag einen Band der Edition Suhrkamp Leipzig herauszubringen, und bat mich, die Publikation zu besorgen.

Reihenfolge der Gedichte

Heinz Czechowski, Die überstandene Wende 7
Uwe Grüning, Heimfahrt von Prag 8
Armin Richter, Herbstsonate 89 10
Harald Gerlach, Aufbrüche, deutsch 11
Armin Richter, Rotes Kirschlaub 12
Holger Teschke, Berliner November 13
Jürgen Theobaldy, In der hellsten Nacht 14
Thomas Böhme, die entfernung des herbstes 15
Jürgen Becker, Im Zugfenster 16
Hans Arnfrid Astel, Ausverkauf 20
Volker Braun, Der 9. November 21
Michael Wildenhain, Neunter November 22
Edwin Wolfram Dahl, Notat November Neunzehnhundertneunundachtzig 23
Günter Kunert, November 25
Durs Grünbein, 12/11/89 26
Wolfgang Hilbig, ja wir hielten einen der vorderen plätze 27
Lutz Rathenow, Dezember 89 29
Klaus-Jürgen Liedtke, Himmel über Berlin 30
Hans Magnus Enzensberger, Aufbruchsstimmung 31
Jochen Kelter, Flüsse über die ich setze 33
Jürgen Rennert, Mein Land ist mir zerfallen 34
Fritz Rudolf Fries, Auf einen Brief zur Jahreswende 35
Elke Erb, Perspektive im Februar 37
Annerose Kirchner, Zwischen den Ufern 38
Christiane Grosz, die blonde frau auf der behörde 39
Ulrich Schacht, Das Brandenburger Tor 40
Katja Winkler, Brandenburger Tor 41
Walther Petri, unlyrisch 42
Thomas Kling, Leipzig im Schummer (11.3.1990) 43
Hans-Jürgen Heise, Schwer rumpelt die Erdkugel 44
Arnulf Höpker, Kaum merklich, von unten 46
Arnulf Höpker, Welch ein Gefühl von Leichtigkeit 47
Uwe Grüning, Fahrt zum Palast der Republik 48

Ludwig Verbeek, Frühling 1990 50
Volker Braun, Das Eigentum 51
Stefan Döring, aufgestanden und ruiniert 52
Thomas Böhme, die kuckucks verschweigen den mai 53
Elke Erb, Postfeudaler Fürstenwandel 54
Jürgen Rennert, Lied vom fröhlichen Inzest 55
Ursula Krechel, Wir spielen heile Welt 56
Oskar Ansull, Sisyphos hat es geschafft 57
Michael Wüstefeld, Will ich noch reden mit euch 58
Yaak Karsunke, zur schönen aussicht 60
Gerhard Zwerenz, Die Wahrheit aushalten, Genossen 61
Bert Papenfuß-Gorek, die lichtscheuen scheiche 62
Yaak Karsunke, ziemlich frei. nach Brecht 63
Holger Teschke, Elegie nach Vergil 64
Christoph Meckel, Rede des Knochens 65
Kerstin Hensel, Fieberkurve 67
Bert Papenfuß-Gorek, soziale marktmonarchie 69
Heiner Müller, Herz der Finsternis nach Joseph Conrad 70
Arno Reinfrank, Winterquartier des Krill 72
Harald Gerlach, Utopia 73
Hans Arnfrid Astel, Baden gehn 74
Eberhard Häfner, Zwischen Präfix & Suffix die literarische Wichse 75
Heiner Müller, Glückloser Engel 2 77
Stefan Döring, ungebrochene fragmente 78
Johannes Poethen, Denkmäler unübersehbar 80
Jürgen Nendza, Logis 81
Wolf Biermann, Dideldumm 82
Reiner Kunze, Die mauer 86
Richard Anders, Mauer 87
Franz Hodjak, die wende des winds 88
Adelheid Johanna Hess, Verfehlt 89
Kay Hoff, Nach der Wende 90
Reiner Kunze, Mit dieser fahne schon 91
Lioba Happel, Die Pech- die Blut- die Schwefel- 92
Karl Krolow, Von einem Land und vom andern 93
Robert Gernhardt, Als er zum 3. Oktober 1990 gefragt wurde 94

Heinz Kahlau, Tag der Einheit 95
Hannelies Taschau, Kommt doch herüber 96
Thomas Kielinger, Eingeschaltet 97
Kay Hoff, Zweitehe 98
Ludwig Verbeek, so nett D 99
Thomas Kielinger, Wiegenlied 100
E. A. Richter, Deutsch Land 102
Jürgen Nendza, Deutsches en bloc 103
Jochen Kelter, Deutsche Frage 104
Sarah Kirsch, Aus dem Haiku-Gebiet 106
Matthias Buth, Berlin 91 107
Jürgen Becker, Berliner Ring 108
Walter Helmut Fritz, Schlaflos 109
Uwe Kolbe, Es ist eine Hölle 110
Michael Wildenhain, Die Frage 111
Steffen Mensching, Liquidation totale 112
Bruno Hillebrand, Einfach nichts 114
Günter Grass, Das Unsere 115
Günter Grass, Späte Sonnenblumen 116
Karl Krolow, Das Denken in Immobilien 117
Richard Pietraß, Randlage 118
Hannelies Taschau, Diese Villa Warum nicht 119
Franz Hodjak, landrecht 120
Joochen Laabs, Ungerechtfertigtes Lamento 121
Richard Pietraß, Brache 122
Hans-Ulrich Treichel, Grand Hotel, Berlin Mitte 123
Sarah Kirsch, Langer Winter 124
Hans-Ulrich Treichel, Wendezeit 125
Peter M. Stephan, Ein Just ein Janka ein Harich 126
Harald Hartung, Zu den Akten 127
Gerhard Zwerenz, Bitte 128
Bruno Hillebrand, Bacchus-Soufflé 129
Lutz Rathenow, Der Rest vom Gedicht 130
Kurt Drawert, … doch 131
Heinz Czechowski, Nach dem Umsturz 132
Christa Wolf, Prinzip Hoffnung 134
Bernd Jentzsch, Selbstporträt im Wasser 135

Peter Rühmkorf, Früher als wir die großen Ströme noch 136
Henryk Bereska, Blick aus der Scharnhorststraße 138
Wulf Kirsten, september am Ettersberg 140
Carl Guesmer, Bilder aus Mecklenburg 141
Ulrich Schacht, Rosenhagen am Meer 142
Harald Gröhler, Die äußerste Oberfläche der Haut 143
Peter M. Stephan, In den achtziger Jahren 145
Harald Hartung, Rückzugsgefühl 147
Kurt Drawert, Ortswechsel 148
Annerose Kirchner, Halbzeit 151
Durs Grünbein, Damnatio memoriae 152
Uwe Kolbe, Zentralviehhof 154
Ursula Krechel, Rost in Rostock 155
Karin Kiwus, Dieser eine Russe 156
Harald Gröhler, Die Figur der Flucht 159
Henryk Bereska, Verschließt trotzdem nicht euren Mund 161
Matthias Buth, Zwischenbilanz im Jahre Drei 162
Walther Petri, ich war im Gefängnis 163
Hanns Dieter Hüsch, Ossis und Wessis 164
Dieter Schlesak, Einzige Alternative 167

Bertolt Brecht, Kinderhymne 169
Bernd Jentzsch, Verbotenes Lied 170
Kurt Bartsch, Liedervereinigung 171
Eva Strittmatter, Mein Land 172

Alphabetisches Verzeichnis der Gedichte

Als er zum 3. Oktober gefragt wurde Robert Gernhardt 94
Auf einen Brief zur Jahreswende Fritz Rudolf Fries 35
Aufbrüche, deutsch Harald Gerlach 11
Aufbruchsstimmung Hans Magnus Enzensberger 31
aufgestanden und ruiniert Stefan Döring 52
Aus dem Haiku-Gebiet Sarah Kirsch 106
Ausverkauf Hans Arnfrid Astel 20
Bacchus-Soufflé Bruno Hillebrand 129
Baden gehn Hans Arnfrid Astel 74
Berlin 91 Matthias Buth 107
Berliner November Holger Teschke 13
Berliner Ring Jürgen Becker 108
Bilder aus Mecklenburg 1991 Carl Guesmer 141
Bitte Gerhard Zwerenz 128
Blick aus der Scharnhorststraße Henryk Bereska 138
Brache Richard Pietraß 122
Brandenburger Tor Katja Winkler 41
Damnatio memoriae Durs Grünbein 152
Das Brandenburger Tor Ulrich Schacht 40
Das Denken in Immobilien Karl Krolow 117
Das Eigentum Volker Braun 51
Das Unsere Günter Grass 115
Denkmäler unübersehbar Johannes Poethen 80
Der 9. November Volker Braun 21
Der Rest vom Gedicht Lutz Rathenow 130
Deutsch Land E. A. Richter 102
Deutsche Frage Jochen Kelter 104
Deutsches en bloc Jürgen Nendza 103
Dezember 89 Lutz Rathenow 29
Dideldumm Wolf Biermann 82
Die äußerste Oberfläche der Haut Harald Gröhler 143
die blonde frau auf der behörde Christiane Grosz 39
die entfernung des herbstes Thomas Böhme 15

Die Figur der Flucht Harald Gröhler 159
Die Frage Michael Wildenhain 111
die kuckucks verschweigen den mai Thomas Böhme 53
die lichtscheuen scheiche Bert Papenfuß Gorek 62
Die mauer Reiner Kunze 86
Die Pech- die Blut- die Schwefel- Lioba Happel 92
Die überstandene Wende Heinz Czechowski 7
Die Wahrheit aushalten, Genossen Gerhard Zwerenz 61
die wende des winds Franz Hodjak 88
Diese Villa Warum nicht Hannelies Taschau 119
Dieser eine Russe Karin Kiwus 156
... doch Kurt Drawert 131
Ein Just ein Janka ein Harich Peter M. Stephan 126
Einfach nichts Bruno Hillebrand 114
Eingeschaltet Thomas Kielinger 97
Einzige Alternative Dieter Schlesak 167
Elegie nach Vergil Holger Teschke 64
Es ist eine Hölle Uwe Kolbe 110
Fahrt zum Palast der Republik Uwe Grüning 48
Fieberkurve Kerstin Hensel 67
Flüsse über die ich setze Jochen Kelter 33
Früher als wir die großen Ströme noch Peter Rühmkorf 136
Frühling 1990 Ludwig Verbeek 50
Glückloser Engel 2 Heiner Müller 77
Grand Hotel, Berlin Mitte Hans-Ulrich Treichel 123
Halbzeit Annerose Kirchner 151
Heimfahrt von Prag Uwe Grüning 8
Herbstsonate 89 Armin Richter 10
Herz der Finsternis nach Joseph Conrad Heiner Müller 70
Himmel über Berlin Klaus-Jürgen Liedtke 30
ich war im Gefängnis Walther Petri 163
Im Zugfenster Jürgen Becker 16
In den achtziger Jahren Peter M. Stephan 145
In der hellsten Nacht Jürgen Theobaldy 14
ja wir hielten einen der vorderen plätze Wolfgang Hilbig 27
Kaum merklich, von unten Arnulf Höpker 46
Kinderhymne Bertolt Brecht 169

Kommt doch herüber Hannelies Taschau 96
landrecht Franz Hodjak 120
Langer Winter Sarah Kirsch 124
Leipzig im Schummer Thomas Kling 43
Lied vom fröhlichen Inzest Jürgen Rennert 55
Liedervereinigung Kurt Bartsch 171
Liquidation totale Steffen Mensching 112
Logis Jürgen Nendza 81
Mauer Richard Anders 87
Mein Land Eva Strittmatter 172
Mein Land ist mir zerfallen Jürgen Rennert 34
Mit dieser fahne schon Reiner Kunze 91
Nach dem Umsturz Heinz Czechowski 132
Nach der Wende Kay Hoff 90
Neunter November Michael Wildenhain 22
Notat November Neunzehnhundertneunundachtzig
Edwin Wolfram Dahl 23
November Günter Kunert 24
Ortswechsel Kurt Drawert 148
Ossis und Wessis Hanns Dieter Hüsch 164
Perspektive im Februar Elke Erb 37
Postfeudaler Fürstenwandel Elke Erb 54
Prinzip Hoffnung Christa Wolf 134
Randlage Richard Pietraß 118
Rede des Knochens Christoph Meckel 65
Rosenhagen am Meer Ulrich Schacht 142
Rost in Rostock Ursula Krechel 155
Rotes Kirschlaub Armin Richter 12
Rückzugsgefühl Harald Hartung 147
Schlaflos Walter Helmut Fritz 109
Schwer rumpelt die Erdkugel Hans-Jürgen Heise 44
Selbstporträt im Wasser Bernd Jentzsch 135
september am Ettersberg Wulf Kirsten 140
Sisyphos hat es geschafft Oskar Ansull 57
so nett D Ludwig Verbeek 99
soziale marktmonarchie Bert Papenfuß-Gorek 69
Späte Sonnenblumen Günter Grass 116

Tag der Einheit Heinz Kahlau 95
ungebrochene fragmente Stefan Döring 78
Ungerechtfertigtes Lamento Joochen Laabs 121
unlyrisch Walther Petri 42
Utopia Harald Gerlach 73
Verbotenes Lied Bernd Jentzsch 170
Verfehlt Adelheid Johanna Hess 89
Verschließt trotzdem nicht euren Mund Henryk Bereska 161
Von einem Land und vom andern Karl Krolow 93
Welch ein Gefühl von Leichtigkeit Arnulf Höpker 47
Wendezeit Hans-Ulrich Treichel 125
Wiegenlied Thomas Kielinger 100
Will ich noch reden mit euch Michael Wüstefeld 58
Winterquartier des Krill Arno Reinfrank 72
Wir spielen heile Welt Ursula Krechel 56
Zentralviehhof Uwe Kolbe 154
ziemlich frei. nach Brecht Yaak Karsunke 63
Zu den Akten Harald Hartung 127
zur schönen aussicht Yaak Karsunke 60
Zweitehe Kay Hoff 98
Zwischen den Ufern Annerose Kirchner 38
Zwischen Präfix & Suffix die literarische Wichse Eberhard Häfner 75
Zwischenbilanz im Jahre Drei Matthias Buth 162
12/11/89 Durs Grünbein 26

Die Autoren und ihre Gedichte

Richard Anders, * 1928 in Ortelsburg/Ostpreußen, lebt in Berlin.
Mauer, S. 87
aus: Manuskript, © by Richard Anders.

Oskar Ansull, * 1950 in Celle, lebt in Hannover.
Sisyphos hat es geschafft, S. 57
aus: Manuskript, © by Oskar Ansull.

Hans Arnfrid Astel, * 1933 in München, lebt in Saarbrücken.
Ausverkauf, S. 20
Baden gehn, S. 74
aus: Wohin der Hase läuft, Leipzig: Forum Verlag o. J. [1992], © by Hans Arnfrid Astel.

Kurt Bartsch, * 1937 in Berlin, lebt in Berlin.
Liedervereinigung, S. 171
aus: Weihnacht ist und Wotan reitet, Berlin: Rotbuch Verlag 1985.

Jürgen Becker, * 1932 in Köln, lebt in Köln und im Bergischen Land.
Im Zugfenster, S. 16
aus: Vorbereitungen im Herbst, in: Das englische Fenster, Frankfurt am Main: Suhrkamp Verlag 1990.
Berliner Ring, S. 108
aus: Manuskript, © by Jürgen Becker.

Henryk Bereska, * 1926 in Katowice-Szopienice, lebt in Berlin und Kolberg.
Blick aus der Scharnhorststraße, S. 138
aus: Berliner Spätlese, Berlin: Corvinus Presse 1991.
Verschließt trotzdem nicht euren Mund, S. 161
aus: Manuskript, © by Henryk Bereska.

Wolf Biermann, * 1936 in Hamburg, lebt in Hamburg.
Dideldumm, S. 82
aus: Alle Lieder, Köln: Verlag Kiepenheuer & Witsch 1991.

Thomas Böhme, * 1955 in Leipzig, lebt in Leipzig.

die entfernung des herbstes, S. 15
aus: häutungen, häufiger herbst, Berlin: edition m 1991, © by Thomas Böhme.
die kuckucks verschweigen den mai, S. 53
aus: ich trinke dein plasma november, Berlin und Weimar, Aufbau-Verlag 1991.

Volker Braun, * 1939 in Dresden, lebt in Berlin.
Der 9. November, S. 21
Das Eigentum, S. 51
aus: Die Zickzackbrücke, Halle: Mitteldeutscher Verlag 1992.

Bertolt Brecht, * 1898 in Augsburg, + 1956 in Berlin (Ost.)
Kinderhymne, S. 169
aus: Die Gedichte von Bertolt Brecht in einem Band, Frankfurt am Main: Suhrkamp Verlag 1981.

Matthias Buth, * 1951 in Wuppertal-Elberfeld, lebt in Rösrath-Hoffnungsthal/Bergisches Land.
Berlin 91, S. 107
Zwischenbilanz im Jahre Drei, S. 162
aus: Manuskript , © by Matthias Buth.

Heinz Czechowski, * 1935 in Dresden, lebt in Leipzig.
Die überstandene Wende, S. 7
aus: manuskripte 30, 1990,
Nach dem Umsturz, S. 132
aus: Sinn und Form 44, 1992,
© by Heinz Czechowski.

Edwin Wolfram Dahl, * 1928 in Solingen, lebt in München.
Notat November Neunzehnhundertneunundachtzig, S. 23
aus: An einem einzigen Tag, Salzburg: Otto Müller Verlag 1991.

Stefan Döring, * 1954 in Oranienburg, lebt in Berlin.
aufgestanden und ruiniert, S. 52
aus: Zehn, Berlin: Druckhaus Galrev 1990.
ungebrochene fragmente, S. 78
aus: neue deutsche literatur 40, 1992 (Heft 9), © by Stefan Döring.

Kurt Drawert, * 1956 in Hennigsdorf b. Potsdam, lebt in Osterholz-Scharmbeck/Niedersachsen.
... doch, S. 131
Ortswechsel, S. 148
aus: Manuskript, © by Kurt Drawert.

Hans Magnus Enzensberger, * 1929 in Kaufbeuren, lebt in München.
Aufbruchsstimmung, S. 31
aus: Zukunftsmusik, Frankfurt am Main: Suhrkamp Verlag 1991.

Elke Erb, * 1939 in Scherbach/Eifel, lebt in Berlin.
Perspektive im Februar, S. 37
Postfeudaler Fürstenwandel, S. 54
aus: Poet's Corner 3, Berlin: Unabhängige Verlagsbuchhandlung Ackerstraße 1991, © by Elke Erb.

Fritz Rudolf Fries, * 1935 in Bilbao, lebt in Petershagen b. Berlin.
Auf einen Brief zur Jahreswende, S. 35
aus: Litfass. Berliner Zeitschrift für Literatur 16, 1992 (Heft 54), © by Fritz Rudolf Fries.

Walter Helmut Fritz, * 1929 in Karlsruhe, lebt in Karlsruhe.
Schlaflos, S. 109
aus: Manuskript, © by Walter Helmut Fritz.

Harald Gerlach, * 1940 in Bunzlau/Schlesien, lebt in Rudolstadt/Thüringen.
Aufbrüche, deutsch, S. 11
Utopia, S. 73
aus: Einschlüsse. Aufbrüche, Rudolstadt: burgart-presse Jens Henkel 1991.

Robert Gernhardt, * 1937 in Reval/Estland, lebt in Frankfurt am Main.
Als er zum 3. Oktober 1990 gefragt wurde, S. 94
aus: Manuskript, © by Robert Gernhardt.

Günter Grass, * 1927 in Danzig, lebt in Berlin und Behlendorf/Schleswig-Holstein.

Das Unsere, S. 115
Späte Sonnenblumen, S. 116
aus: Novemberland. 13 Sonette, Göttingen: Steidl Verlag 1993.

Harald Gröhler, * 1938 in Herischdorf, Kr. Hirschberg/Schlesien, lebt in Berlin und Köln.
Die äußerste Oberfläche der Haut, S. 143
Die Figur der Flucht, S. 159
aus: Manuskript, © by Harald Gröhler.

Christiane Grosz, * 1944 in Berlin, lebt in Berlin.
die blonde frau auf der behörde, S. 39
aus: Die asoziale Taube, Berlin und Weimar: Aufbau-Verlag 1991.

Durs Grünbein, * 1962 in Dresden, lebt in Berlin.
12/11/89, S. 26
aus: Schädelbasislektion, Frankfurt am Main: Suhrkamp Verlag 1991.
Damnatio memoriae, S. 152
aus: Manuskript, © by Durs Grünbein.

Uwe Grüning, * 1942 in Pabianice b. Lodz/Polen, lebt in Neumark/Sachsen.
Heimfahrt von Prag, S. 8
Fahrt zum Palast der Republik, S. 48
aus: Manuskript, © by Uwe Grüning.

Carl Guesmer, * 1929 in Kirch Grambow (Wedendorf)/Mecklenburg, lebt in Schöningen.
Bilder aus Mecklenburg 1991, S. 141
aus: Im abgetragenen Sommer, Kulmbach: Verlag E. C. Baumann 1992.

Eberhard Häfner, * 1941 in Steinbach-Hallenberg/Thüringen, lebt in Berlin.
Zwischen Präfix und Suffix die literarische Wichse, S. 75
aus: Excaliburten. Gedichte 1979 bis 1991, Berlin: Druckhaus Galrev 1992.

Lioba Happel, * 1957 in Aschaffenburg, lebt in Berlin.

Die Pech- die Blut- die Schwefel-, S. 92
aus: Manuskript, © by Lioba Happel.

Harald Hartung, * 1932 in Herne/Westf., lebt in Berlin.
Zu den Akten, S. 127
Rückzugsgefühl, S. 147
aus: Manuskript, © by Harald Hartung.

Hans-Jürgen Heise, * 1930 in Bublitz/Pommern, lebt in Kiel.
Schwer rumpelt die Erdkugel, S. 44
aus: Der Aufstand der Requisiten, Kiel: Neuer Malik Verlag 1992, © by Hans-Jürgen Heise.

Kerstin Hensel, * 1961 in Karl-Marx-Stadt (Chemnitz), lebt in Berlin.
Fieberkurve, S. 67
aus: Gewitterfront, Halle: Mitteldeutscher Verlag 1991.

Adelheid Johanna Hess, * 1949 in Sangerhausen, lebt in Berlin.
Verfehlt, S. 89
aus: Wortstau, Berlin: Corvinus Presse 1992, © by Adelheid Johanna Hess.

Wolfgang Hilbig, * 1941 in Meuselwitz b. Leipzig, lebt in Edenkoben/Pfalz.
ja wir hielten einen der vorderen plätze, S. 27
aus: prosa meiner heimatstraße, in: Neue Rundschau 101, 1990 (Heft 2), © by Wolfgang Hilbig.

Bruno Hillebrand, * 1935 in Düren/Rheinland, lebt in Eltville/Rhein.
Einfach nichts, S. 114
Bacchus-Soufflé, S. 129
aus: Von der Krümmung des Raumes, Frankfurt am Main: S. Fischer Verlag 1992.

Franz Hodjak, * 1944 in Hermannstadt, lebt in Usingen.
die wende des winds, S. 88
landrecht, S. 120
aus: Landverlust, Frankfurt am Main: Suhrkamp Verlag 1993.

Arnulf Höpker, * 1940 in Stuttgart, lebt in Stuttgart.
Kaum merklich, von unten, S. 46
Welch ein Gefühl von Leichtigkeit, S. 47
aus: Angst faßt nach der Zuversicht, Frankfurt am Main: R. G. Fischer Verlag 1991.

Kay Hoff, * 1924 in Neustadt/Holstein, lebt in Lübeck.
Nach der Wende, S. 90
Zweitehe, S. 98
aus: Manuskript, © by Kay Hoff.

Hanns Dieter Hüsch, * 1925 in Moers/Niederrhein, lebt in Köln.
Ossis und Wessis, S. 164
aus: Manuskript, © by Hanns Dieter Hüsch.

Bernd Jentzsch, * 1940 in Plauen, lebt in Euskirchen/Rheinland.
Selbstporträt im Wasser, S. 135
aus: Die alte Lust, sich aufzubäumen, Leipzig: Reclam-Verlag 1992,
Verbotenes Lied, S. 170
aus Quartiermachen, München: Carl Hanser Verlag 1978,
© by Bernd Jentzsch.

Heinz Kahlau, * 1931 in Drewitz b. Potsdam, lebt in Berlin.
Tag der Einheit, S. 95
aus: Kaspers Waage, Berlin und Weimar: Aufbau-Verlag 1992

Yaak Karsunke, * 1934 in Berlin, lebt in Berlin.
zur schönen aussicht, S. 60
ziemlich frei. nach Brecht, S. 63
aus: gespräch mit dem stein, Berlin: Rotbuch Verlag 1992.

Jochen Kelter, * 1946 in Köln, lebt in Tägerwilen (Bodensee)/Schweiz.
Flüsse über die ich setze, S. 33
aus: neue deutsche literatur 38, 1990 (Heft 7),
Deutsche Frage, S. 104
aus: Ecriture (Lausanne) 39, 1992,
© by Jochen Kelter.

Thomas Kielinger, * 1940 in Danzig, lebt in Bonn.

Eingeschaltet, S. 97
Wiegenlied, S. 100
aus: Orpheus im Intercity, Pfullingen: Verlag Günther Neske 1991, © Verlag Klett-Cotta, Stuttgart.

Annerose Kirchner, * 1951 in Leipzig, lebt in Gera.
Zwischen den Ufern, S. 38
aus: Zwischen den Ufern, Rudolstadt: burgart-presse Jens Henkel 1991.
Halbzeit, S. 151
aus: Manuskript, © by Annerose Kirchner.

Sarah Kirsch, * 1935 in Limlingerode/Harz, lebt in Tielenhemme/Schleswig-Holstein.
Aus dem Haiku-Gebiet, S. 106
Langer Winter, S. 124
aus: Erlkönigs Tochter, Stuttgart: Deutsche Verlags-Anstalt 1992.

Wulf Kirsten, * 1934 in Klipphausen b. Meißen, lebt in Weimar.
september am Ettersberg, S. 140
aus: Stimmenschotter. Gedichte 1987-1992, Zürich: Ammann Verlag 1993.

Karin Kiwus, * 1942 in Berlin, lebt in Berlin.
Dieser eine Russe, S. 156
aus: Das Chinesische Examen, Frankfurt am Main: Suhrkamp Verlag 1992.

Thomas Kling, * 1957 in Bingen/Rhein, lebt in Köln.
Leipzig im Schummer, S. 43
aus: brennstabm, Frankfurt am Main: Suhrkamp Verlag 1991.

Uwe Kolbe, * 1957 in Berlin, lebt in Berlin.
Es ist eine Hölle, S. 110
Zentralviehhof, S. 154
aus: Manuskript, © by Uwe Kolbe.

Ursula Krechel, * 1947 in Trier, lebt in Frankfurt am Main.
Wir spielen heile Welt, S. 56
aus: Technik des Erwachens, Frankfurt am Main: Suhrkamp Verlag 1992.

Rost in Rostock, S. 155
aus: Manuskript, © by Ursula Krechel.

Karl Krolow, * 1915 in Hannover, lebt in Darmstadt.
Von einem Land und vom andern, S. 93
Das Denken in Immobilien, S. 117
aus: Ich höre mich sagen, Frankfurt am Main: Suhrkamp Verlag 1992.

Günter Kunert, * 1929 in Berlin, lebt in Kaisborstel b. Itzehoe/Schleswig-Holstein.
November, S. 24
aus: Fremd daheim, München: Carl Hanser Verlag 1990.

Reiner Kunze, * 1933 in Oelsnitz, lebt in Obernzell-Erlau b. Passau.
Die mauer, S. 86
aus: Grenzfallgedichte, hg. v. Anna Chiarloni u. Helga Pankoke, Berlin und Weimar: Aufbau-Verlag 1991,
Mit dieser fahne schon, S. 91
aus: Manuskript,
© by Reiner Kunze.

Joochen Laabs, * 1937 in Dresden, lebt in Berlin.
Ungerechtfertigtes Lamento, S. 121
aus: neue deutsche literatur 40, 1992 (Heft 2), © by Joochen Laabs.

Klaus-Jürgen Liedtke, * 1950 in Enge/Nordfriesland, lebt in Berlin.
Himmel über Berlin, S. 30
aus: Brocken Tod, Berlin: Edition Mariannenpresse 1991, © by Klaus-Jürgen Liedtke.

Christoph Meckel, * 1935 in Berlin, lebt in Berlin.
Rede des Knochens, S. 65
aus: neue deutsche literatur 39, 1991 (Heft 10), © by Christoph Meckel.
Steffen Mensching, * 1958 in Berlin (Ost), lebt in Berlin.
Liquidation totale, S. 112
aus: neue deutsche literatur 40, 1992 (Heft 4), © by Steffen Mensching.

Heiner Müller, * 1929 in Eppendorf/Sachsen, lebt in Berlin.
Herz der Finsternis, S. 70
Glückloser Engel 2, S. 77
aus: Gedichte, Berlin: Alexander Verlag 1992, © by Heiner Müller.

Jürgen Nendza, * 1957 in Essen, lebt in Aachen.
Logis, S. 81
aus: Glaszeit, Andernach: Atelier Verlag Fritz Werf 1992.
Deutsches en bloc, S. 103
aus: Manuskript, © by Jürgen Nendza.

Bert Papenfuß-Gorek, * 1956 in Stavenhagen, lebt in Berlin.
die lichtscheuen scheiche versunkener reiche, S. 62
aus: Led Saudaus, Berlin: Gerhard Wolf janus press 1991.
soziale marktmonarchie, S. 69
aus: tiské, Göttingen: Steidl Verlag 1990.

Walther Petri, * 1940 in Leipzig, lebt in Berlin.
unlyrisch, S. 42
aus: neue deutsche literatur 39, 1991 (Heft 8),
ich war im Gefängnis, S. 163
aus: Manuskript,
© by Walther Petri.

Richard Pietraß, * 1946 in Lichtenstein/Erzgebirge, lebt in Berlin.
Randlage, S. 118
aus: neue deutsche literatur 40, 1992 (Heft 9),
Brache, S. 122
aus: Litfass. Berliner Zeitschrift für Literatur 16, 1992 (Heft 56),
© by Richard Pietraß.

Johannes Poethen, * 1928 in Wickrath/Niederrhein, lebt in Stuttgart.
Denkmäler unübersehbar, S. 80
aus: Lenin im porphyr. einundzwanzig gedichte vor dem hintergrund von moskau (Manuskript), © by Johannes Poethen.

Lutz Rathenow, * 1952 in Jena, lebt in Berlin.
Dezember 89, S. 29
aus: Alles Theater, Pforzheim: Hertenstein-Presse 1992,

Der Rest vom Gedicht, S. 130
aus: Manuskript,
© by Lutz Rathenow.

Arno Reinfrank, * 1934 in Mannheim, lebt in London.
Winterquartier des Krill, S. 72
aus: Die Weltbühne, 28.5.1991, © by Arno Reinfrank.

Jürgen Rennert, * 1943 in Berlin-Neukölln, lebt in Berlin.
Mein Land ist mir zerfallen, S. 34
aus: neue deutsche literatur 38, 1990 (Heft 4),
Lied vom fröhlichen Inzest, S. 55
aus: Manuskript,
© by Jürgen Rennert.

Armin Richter, * 1941 in Chemnitz, lebt in Sternberg b. Schwerin.
Herbstsonate 89, S. 10
Rotes Kirschlaub, S. 12
aus: Die kleinen mecklenburgischen Meere, Frankfurt am Main: R. G. Fischer Verlag 1991.

E. A. (Erich Alois) Richter, * 1941 in Tulbing/Niederösterreich, lebt in Wien.
Deutsch Land, S. 102
aus: neue deutsche literatur 40, 1992 (Heft 2), © by E. A. Richter.

Peter Rühmkorf, * 1929 in Dortmund, lebt in Hamburg.
Früher als wir die großen Ströme noch, S. 136
aus: Manuskript, © by Peter Rühmkorf.

Ulrich Schacht, * 1951 in Hoheneck/Sachsen, lebt in Hamburg.
Das Brandenburger Tor, S. 40
aus: Sprache im technischen Zeitalter. Supplement: Literatur im technischen Zeitalter I/1990,
Rosenhagen am Meer, S. 142
aus: Sinn und Form 45, 1993,
© by Ulrich Schacht.

Dieter Schlesak, * 1934 in Schäßburg/Rumänien, lebt in Stuttgart und Camaire/Lucca.

Einzige Alternative, S. 167
aus: neue deutsche literatur 40, 1992 (Heft 12), © by Dieter Schlesak.

Peter Martin Stephan, * 1939 in Beuthen/Oberschlesien, lebt in Berlin.
Ein Just ein Janka ein Harich, S. 126
In den achtziger Jahren, S. 145
aus: Manuskript, © by Peter M. Stephan.

Eva Strittmatter, * 1930 in Neuruppin, lebt in Dollgow b. Gransee.
Mein Land, S. 172
aus: Grenzfallgedichte, hg. v. Anna Chiarloni u. Helga Pankoke, Berlin und Weimar: Aufbau-Verlag 1991.

Hannelies Taschau, * 1937 in Hamburg, lebt in Hameln/Weser.
Kommt doch herüber, S. 96
Diese Villa Warum nicht, S. 119
aus: Weg mit dem Meer, Frankfurt am Main: Luchterhand Literaturverlag 1990 (jetzt: Hamburg).

Holger Teschke, * 1958 in Bergen/Rügen, lebt in Berlin.
Berliner November, S. 13
Elegie nach Vergil, S. 64
aus: Jasmunder Felder/Windschlucht/New York, Berlin und Weimar: Aufbau-Verlag 1991.

Jürgen Theobaldy, 1944 in Straßburg, lebt in Bern.
In der hellsten Nacht, S. 14
aus: In den Aufwind, Berlin: Friedenauer Presse Katharina Wagenbach 1990.

Hans-Ulrich Treichel, * 1952 in Versmold/Westf., lebt in Berlin.
Grand Hotel, Berlin Mitte, S. 123
Wendezeit, S. 125
aus: Manuskript, © by Hans-Ulrich Treichel.

Ludwig Verbeek, * 1938 in Köln, lebt in Bonn.
Frühling 1990, S. 50
so nett D, S. 99
aus: Das Blaue vom Himmel, Bad Honnef: Horlemann Verlag 1992, © by Ludwig Verbeek.

Michael Wildenhain, * 1958 in Berlin, lebt in Berlin.
Neunter November, S. 22
aus: neue deutsche literatur 40, 1992 (Heft 5),
Die Frage, S. 111
aus: Manuskript,

Katja Winkler, * 1960 in Berlin, lebt in Berlin.
Brandenburger Tor, S. 41
aus: Litfass. Berliner Zeitschrift für Literatur 16, 1992 (Heft 54),

Christa Wolf, * 1929 in Landsberg/Warthe, lebt in Berlin.
Prinzip Hoffnung, S. 134
aus: neue deutsche literatur 40, 1992 (Heft 5), © by Christa Wolf.

Michael Wüstefeld, * 1951 in Dresden, lebt in Dresden.
Will ich noch reden mit euch, S. 58
aus: Sinn und Form 44, 1992, © by Michael Wüstefeld.

Gerhard Zwerenz, * 1925 in Gablenz, lebt in Schmitten/Taunus.
Die Wahrheit aushalten, Genossen, S. 61
Bitte, S. 128
aus: neue deutsche literatur 38, 1990 (Heft 10),

Wir danken allen Autorinnen und Autoren sowie den Verlagen für die freundlichen Abdruckgenehmigungen.

Deutschsprachige Literatur in der edition suhrkamp: Lyrik

Brecht, Bertolt: Ausgewählte Gedichte. Auswahl von Siegfried Unseld. Nachwort von Walter Jens. es 86
– Ausgewählte Gedichte Brechts mit Interpretationen. Herausgegeben von Walter Hinck. es 927
– Buckower Elegien. Mit Kommentaren von Jan Knopf. es 1397
– Gesammelte Gedichte. Bd. 2. Herausgegeben vom Suhrkamp Verlag in Zusammenarbeit mit Elisabeth Hauptmann. es 836
– Gesammelte Gedichte. Bd. 3. Herausgegeben vom Suhrkamp Verlag in Zusammenarbeit mit Elisabeth Hauptmann. es 837
– Gesammelte Gedichte. Bd. 4. Herausgegeben vom Suhrkamp Verlag in Zusammenarbeit mit Elisabeth Hauptmann. es 838
Bulla, Hans Georg: Weitergehen. Gedichte. es 1002
Buselmeier, Michael: Radfahrt gegen Ende des Winters. Gedichte. es 1148
Celan, Paul: Ausgewählte Gedichte. Zwei Reden. Nachwort von Beda Allemann. es 262
Dinescu, Mircea: Exil im Pfefferkorn. Ausgewählt, übersetzt und mit einem Nachwort versehen von Werner Söllner. es 1589
Drawert, Kurt: Privateigentum. Gedichte. es 1584
Eich, Günter: Botschaften des Regens. Gedichte. es 48
Enzensberger, Hans Magnus: Blindenschrift. es 217
– Die Furie des Verschwindens. Gedichte. es 1066
– Landessprache. Gedichte. es 304
Gröner, Walter: Ein rasend hingehauchtes Herbsteslicht. Bergeller Gedichte – Puisiá. es 1371
Grünbein, Durs: Grauzone morgens. Gedichte. es 1507
Handke, Peter: Die Innenwelt der Außenwelt der Innenwelt. es 307
Happel, Lioba: Grüne Nachmittage. Gedichte. es 1570
Hodjak, Franz: Siebenbürgische Sprechübung. Gedichte. Herausgegeben und mit einem Nachwort versehen von Werner Söllner. es 1622
Kling, Thomas: geschmacksverstärker. gedichte. es 1523
Köhler, Barbara: Deutsches Roulette. Gedichte. es 1642
Kolbe, Uwe: Abschiede und andere Liebesgedichte. es 1178
– Bornholm II. Gedichte. es 1402
– Hineingeboren. Gedichte 1975-1979. Mit einer Nachbemerkung von Franz Fühmann. es 1110
Krolow, Karl: Landschaften für mich. Neue Gedichte. es 146
– Schattengefecht. es 78
Leisegang, Dieter: Lauter letzte Worte. Gedichte und Miniaturen. Herausgegeben von Karl Corino. es 1021

302/1/2.92

Deutschsprachige Literatur in der edition suhrkamp: Lyrik

Oppenheim, Meret: Husch, husch, der schönste Vokal entleert sich. Gedichte, Zeichnungen. Herausgegeben und mit einem Nachwort versehen von Christiane Meyer-Thoss. es 1232
Schedlinski, Rainer: die rationen des ja und des nein. gedichte. es 1606
Schindel, Robert: Ein Feuerchen im Hintennach. Gedichte. es 1775
– Geier sind pünktliche Tiere. Gedichte. es 1429
– Im Herzen die Krätze. Gedichte. es 1511
– Ohneland. Gedichte vom Holz der Paradeiserträume 1979-1984. es 1372
Söllner, Werner: Kopfland. Passagen. Gedichte. es 1504
Techel, Sabine: Es kündigt sich an. Gedichte. es 1370
Treichel, Hans-Ulrich: Liebe Not. Gedichte. es 1373
– Seit Tagen kein Wunder. Gedichte. es 1610
Wichner, Ernest: Steinsuppe. Gedichte. es 1493

302/2/2.92